随 笔 小 说 集

梅花三“录”

齐一民 著

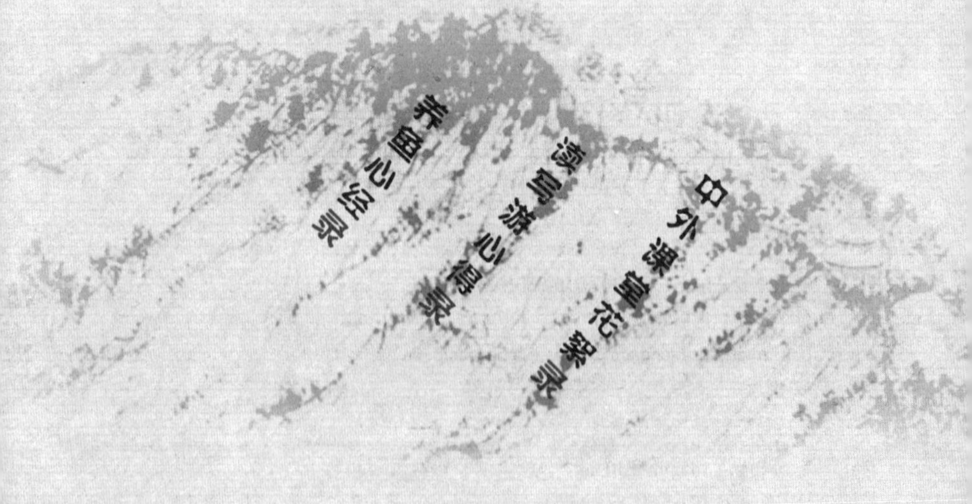

北方联合出版传媒（集团）股份有限公司
春 风 文 艺 出 版 社
·沈阳·

图书在版编目（CIP）数据

梅花三“录”／齐一民著.—沈阳：春风文艺出版社，2016.11（2021.8重印）

ISBN 978-7-5313-5120-7

Ⅰ.①梅… Ⅱ.①齐…Ⅲ.①随笔－作品集－中国－当代 Ⅳ.①I267.1

中国版本图书馆CIP数据核字（2016）第274964号

梅花三“录”

出版发行：北方联合出版传媒（集团）股份有限公司
春风文艺出版社
（地址：沈阳市和平区十一纬路25号 邮编：110003）
联系电话：024-23284402/010-88019377
传　　真：010-88019377
E - mail：fushichuanmei@mail. lnpgc. com. cn
印 刷 者：三河市兴国印务有限公司
经 销 者：各地新华书店

幅面尺寸：145mm×210mm
字　　数：174千字　　印　　张：9.625
出版时间：2016年11月第1版　　印刷时间：2021年8月第2次

责任编辑：崔　丹　　责任校对：王洪强
封面设计：正典设计　　封面制作：金　兰
版式设计：京华诚信　　责任印制：高春雨

如有质量问题，请速与印务部联系　联系电话：010-88019750

ISBN 978-7-5313-5120-7
定价：48.00 元

目　录

中外课堂花絮录

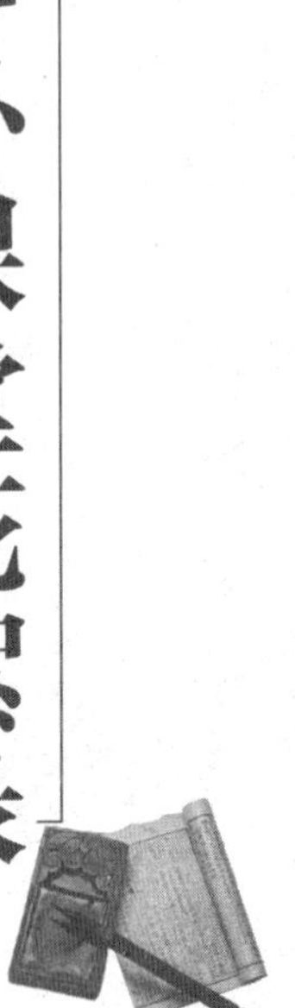

我的留学生经济课堂开课了

2014年9月9日，本人的留学生经济课堂就开课了。我将记录下这些授课心得。我不知道这种课将会延续多久，这可能会是一个长时间的马拉松，或许，它也将变为本人50岁过后的一种生活常态。

已经做了十年教师的本人曾经教授过许多种课，但给外国学生用汉语授课，这还是第一次。我将主讲经济，因此，这学期的课程名称是“国际贸易实务”。第一堂课上，我用将近20分钟的时间，先为十多个国家来的学生解析了六个词汇，比如什么是“国际”、什么是“贸易”、什么是“实务”，然后，我将它们译成英文、俄文、日文以及法文，接着我问泰国、印尼、伊朗、越南诸国的学生，怎么用他们国家的语言说“国际”“贸易”以及“实务”。我说这门课真的十分重要，因为它可以帮助你们谋未来之“生”，“谋生”就是赚钱。我接着说这门课之所以十分重要，还因为它是门必修课，而且，更加重要的是上学期被另外一位“外聘教师”讲授之后，有20多个学生没有及格，然后，他们就不能再选别的课了……这时候教室内的“骚动”就开始了。我说因此，我教授这门课的时候非常紧张，你们和我的目标是完全一致的，就是把这门课给学会，一起考过。我的关于这门课上学期“集体被挂了”的介绍，一下课就被一个日本学生给证实了。他用非常流利的汉语说：“老师，我就是上学期没通过的一个啊！”然后，他就介绍说他是怎么刻苦背题，但又怎么“学糊涂考糊涂”了的。我听后更加警觉和紧张了，因为我是第一次传授这门课，但书上的那些作业题连我都没有能给出正确答案的把握，又没有参考答案。我之所以“敢”接这门课，是因为30年前曾经学过它，又实打实地在20年的“贸易生涯”中应用过它。说到应用，我上课时最喜欢举实际的例子了，我也鼓励学生们举例，比如在给第二个班上课时，我让学生思考，如何把泰国的榴莲——那种非常丑和臭的水果，在一周之内运送到我们学校边上的五道口“华联”超市。我启发学生仔细设计一下运送的方式，别让本来就臭的榴莲在路上烂掉，从“特臭”变成“奇臭无比”等。我还诱导韩国学生，让他们想想能把什么东西从首尔卖到北京来，比如韩式泡菜、“三星智能手机”和“韩国孔子思想”之类的。至于那些俄罗斯、中亚、加纳等地的学生，我还没有想到从他们的国家能“贸易”什么到中国，是石油？还是套娃？至于法国，我启发那个学生，让他用“幻影”做例子，“幻影2000”（Mirage）是法国的一款战斗机，不过好像只卖给中国的台湾地区。

终于站到了这种不知道会站立多久的“舞台”，我有一种迷迷糊糊的感觉，多年过后，我似乎又回到了“世界的中点”。这个世界历来和本来就是五彩缤纷、奇奇怪怪的，我是说人的种类、语言以及思想方式，这无疑，才是那个更加真实的世界，才是世界的原貌。

（2014年9月14日）

我上课时使用"怒吼鸡"做道具

本科生的课不好上，因为他们其实和你——讲课的教师没什么亲近关系，这和研究生的课截然不同，尤其是导师给自己研究生上的课。后者上课的时候，学生必须对老师的每一句话都推崇备至，都视为金口玉言。我就遇到过几个边抽烟边给研究生上课的教授，那时候的学生，几乎就是老师嘴里那些烟臭的吸尘器。

给外国的本科生上课就更有难度了，因为你不能失误，不能迟到。这星期我怕赶不上 10 点 40 分的课，久违的失眠症又犯了，我折腾了一夜，加起来才睡了一个多小时：我既怕睡不着，又担心起不来，更担心一夜不睡的我，一头栽倒在讲台上面。这，肯定不是个光彩的场面。尤其我教授的，既不是宗教和哲学，也不是人生的道理，我教授的是赚钱的路数，是"国际贸易实务"，是怎么先做生意、再分头实现我的那些来自十几个国家的学生们的"梦"，纵使他们的梦和梦之间有时并不一致。

我每堂课都布置作业，这样使学生们第一练习写中文，第二和我学着做生意。我第一堂课的作业是让每一个学生分别写下他们国家和中国之间的贸易总额、顺差和逆差，都进口什么、都出口什么；接着，我叫他们选择一样他们最最喜欢的东西和中国做生意。作业交上来了，他们有说想和中国做燕窝生意的——因为她在印尼就是做这个的；有说要做黄金加工机生意的；还有的，想向中国出口他们国家的运动员和教练——好像还是搞重量级拳击的。

第三堂课上，为了说清什么是商品的外观以及内在品质，我从女儿的房间里偷了一个在使劲用手掐的时候会发出怒吼的黄色塑料鸡，英文叫做“Shrilling Chicken”。我说，同学们注意啦，这种鸡的外观代表不了它内在的品质，在它不叫的时候，你压根儿就不知道它是能叫的，因此，进口方（买方）在收到这些货物之后，一定要使劲地捏它——我于是就捏了它一把，它在毫无反应了一阵子之后（它已经有一两年没被捏了），就“嗷——”地一声玩命惨叫了！我松手的时候，它的叫声还十分低沉，最后还拐了一个弯弯。

我在讲台上除了使用了“怒吼鸡”之外，还使用了大米、一碰就不停报时的闹钟、塑料制成的卡通扇子之类的实物，显然这是比较新颖的教学方法，我的洋学生们也在被那只鸡惊吓了几次之后，适应起我的教学方式。

（2014 年 9 月 28 日）

怎样包装你的商品

作为教了十年书只缺过一次课（那次正闹可怕的流感，偏巧本人感冒了），但有着老年痴呆症基因的本人，最怕的，就是哪天学生打来电话问“老师你在哪儿”，我一拍脑门：“呀，我把课忘了！”那，就将是本人告别讲坛的时刻。大学里的课，本人打算一直教到体力心智实在不灵光之后，主动下岗。

上周二有课，由于怕起不来，紧张得就只睡了一个小时。为了克服这种“起床忧郁症”，我从“长安商场”的地下一层买了一个深圳产的最大的、带两个“耳朵铃铛”的那种最最传统的闹钟。它一闹，恨不得我们这个正在为 APEC 玩命装修外墙面的居民楼都能够听到，因为它的声音是两个大白铃铛中间的小钢铁锤左一下右一下疯狂摆动“砸”出来的。它真好使，这周四我正在床上睡着，还真的被那种“敲钟声”的山响给从睡梦中震下了床。有了这种闹钟“垫背”，我睡觉时候的“退路”就算有了。

按说 10 点 40 分的课，我 9 点钟起来，这并不算早，但已经“半退休”的、习惯了“自然醒”的本人，每到周二都对自己能否起床极其没有自信。但我又总是害怕着想象中外国学生随时打来电话，用那种半带着不知是哪个国家或地区的口音问：“老师，你现在在哪里？”人的一生，只要还做着事情、只要和外界有着时间的约会，你耳畔就会存在响起这种逼问声音的可能性。只有百分之百退休之后，或者已经与世决绝、睡在被别人排着队告别的那张硬板床上的时候，你才真正睡得踏实。那一刻，别管什么电话打来，别管人家如何责问：“你咋还不起床？”你都能内心非常坦然地回绝：“爷死活就是不起，你爱咋样咋样！”

为了更好地用实物给学生介绍“商品的包装”(packing)，我把那个从“长安商场”买来的闹钟的盒子也带到了课堂上，我用它解说什么是商品的“内包装”，我还用一个“当当网”上买来的牛皮纸制的盒子，演示什么是商品的“外包装”。

想想，我们每一个人，是否也都被“外包装”和“内包装”过?

上节课，我教授学生们怎样在买卖合同中准确地描述他们想从中国进口或者想从他们国家向中国出口的产品，我还留了作业，真有个别学生做了。他们有的想从中国买电动摩托车，有的想向中国出口钢铁类产品，而且，还有几个泰国学生想卖榴莲到中国。我就启发泰国学生好好想想：榴莲是按等级分类还是按品牌分类的；榴莲怎么包装怎么运输；乘船来还是搭飞机来；怎么计算“个”数；怎么使用“量词”。

我说过给本科生上课，是教师的一种“基本功活儿”。课讲好了，就叫座，就好比戏班子里基本功过硬的角儿。这不，上周四我班上就新来了几个印尼学生，好像是来“蹭课”的。我心中颇高兴。当老师的，最怕是做了一大锅饭，结果就一个人吃，那种尴尬只有你站在讲台上，才能真正体会。讲课讲究“人来疯”。说起授课时的轰动效应，你应该去看看北大的戴锦华老师的课堂，你连教室的大门可能都进不去哩。本人呢，这个学期，则在用汉语讲“大三”本科生的课上自我陶醉着。我用闹钟盒子等道具，将学生们带进20年前我在加拿大蒙特利尔那个叫“自由之家”（参看本人小说《自由之家逸事》）的犹太人进口公司做工时的真实体验里面——那时候我办公桌子上也同样堆满着“样品”。同时，我用眼睛和教室座位上的那几十双颜色各异的“全球化的学生”们的眼睛对视着、交流着。那种感觉颇为“返古”和穿越，也让俺颇为怀念“在人间”的那些过去的日子。

（2014年10月12日）

学生们已经“渐入商境”

我的学生们从这两次课开始，就已经开始“渐入商境”了。什么行业有什么行业的境界，比如写作，写着写着，会让你的“迷走神经”——你已经不知所云；讲课的时候人也会“入境”——北大哲学系的那位讲美学的朱良志教授就是，在讲台上一说起“美”，自己就美得“一塔湖图”（指北大校园里的博雅“塔”、未名“湖”和“图”书馆）。从商也是如此。尽管本人离别商界十余年，但商场上“行走”的感觉仍在，那时候我“杀敌无数”，那时候我如入无人之地，那种感觉，我仅用三四堂课就传染给我这两个班级的“域外弟子”们了。我取消了那种被他们视为“埃博拉病毒”的期中考试，我让学生们虚拟一种从他们国家出口到中国或从中国出口到他们国家的“商品”，然后，我让学生尝试着把前几次课学过的几个关键的“知识点”，给实际运用到那种他们已经开始喜爱、开始着迷、开始熟知的“商品”的命名、描述、包装、报价等环节上去。此前，我已把这些环节变成每一堂课的作业，而我代替期中考试的方法，就是所有作业的集合。我于是，还没开始考呢，就已经打掉了那些不做作业学生的陋习，而且也不用再让学生死记硬背书了。我们于是，就在比较顺利地进入“商业实战”状态的同时击退了对期中考试的恐惧。这样我们还能在出勤10分加有保证的期中30分（共40分）的“良好基础”上，比较从容地面对上个学期将20多个学生阻挡在“合格线”之外的年底的那次期末大考。

在部署完上述“期中战略”之后，我的弟子们万分欢欣鼓舞，尤其是上学期把教科书都倒背如流了，还没通过期末考试的那个“山本同学”。学生们的作业交上来了，我真是喜出望外，我像收麦子一样收割着学生们的“研究成果”：有伊朗向中国出口的铁矿石、有从连云港运到乌兹别克斯坦的“塑胶”、有日本的“清酒”还有俄罗斯的巧克力。当然，由于这些天北京是重雾霾天，还有韩国人想向中国贩卖空气净化器，等等。接着，研究怎样给它们定价。一个泰国学生想往中国运“橡胶枕头”，我问她，你见市场上有卖泰国枕头的吗？仔细一想，好像我家床上就有一个！于是，我就叫她把泰国的成本价从100元人民币压到80元。她问为什么，我告诉她是因为这个、这个以及这个。我们还探讨了是海运世界名画“蒙娜丽莎”，还是空运“蒙娜丽莎”的问题。我说假如制订进出口“蒙娜丽莎”或“向日葵”（梵高作）的合同，在“数量”条款中你们只有一种选择，就是写“1”——

“一幅画”，绝不可能是“2”，“蒙娜丽莎”不能有“2”，有“2”肯定是盗版的！我们还就哪国的时钟比较准确——交流对“原产地”概念的理解。我说时钟哪国的都好，但最好的是产自守纪律的民族，比如瑞士、德国、日本，但你们绝对不能买既罗曼蒂克又神魂不定的法国闹钟。我说假若齐老师我哪天迟到了，一定是因为家里的闹钟是巴黎产的。

我有两个班，我发现1班的学生比2班的学生普遍“聪明”，这或许是因为1班的学生讲俄语的多？讲俄语的人读书量比其他人要大？一个讲俄文的男生课间问我：据说老师你身上有一个“丑闻”——你会十多种语言。我说：都说不好。他说：那你说句长点的俄语我听听。我于是用俄语说：“这位同学，开始上课了，请你回到座位上坐下！”于是，那男生就服帖着回去了，边走边对站在讲台上的我嘟囔了一句俄语：“老师，请你也坐下吧！”当然，还有一个日本学生没看懂我在黑板上布置的作业，就用日语说让我给他解释一下，我用日语稀里哗啦地解释时，旁边的一个刚刚和我用法语聊过天的法国学生听得有点发蒙。我于是趁着兴头，对学生们说了两个识别“国际商人”的法子：一是他肯定非常聪明，二是他是个语言达人——就比如你们吧！

（2014年10月20日）

在青岛过"APEC 节"

由于亚太经合组织会议（APEC）的召开，俺们的外贸课停了一次，北京人大都离开难得一见的"APEC 蓝"去了外地，我也坐高铁去了青岛。高铁车窗外的风景在向后跑着，我读着两本经济学书籍：去的时候读法国人托马斯·皮凯蒂（这个"蒂"字电脑上不好找，要打"瓜熟蒂落"才能把它打出来）写的《21 世纪资本论》，回来时读的是北大中文系老师韩毓海先生写的《一篇读罢头飞雪，重读马克思》。两本书写得都很好，一本书挺理性的，一本书既理性又感性。尤为难得的是，毓海先生是中文专业出身，他竟然写出了那般专业的经济类的书籍。

虽然是"老青岛"了，但已有近 8 年未去。青岛的海、青岛的"圣保罗大教堂"以及青岛的"湛山寺"和海洋大学的校园于本人——都非常的精彩，难怪前辈作家老舍先生要在那里住着，还写了那么多关于青岛的文字。青岛的半冬季（这个时候）是非常安静的，太安静了，就愈加反衬响了圣保罗大教堂的礼拜日上午的唱诗班的歌声。那个教堂，是我头天晚上遛弯时偶然发现的。青岛的“德国范儿”我从前并未认真领悟过，因为从前去都是带着那些贩卖国际酒店门锁和暖气设备的代理商们打探和洽谈商机。从前，我们也曾把加国（加拿大）的门锁安装在栈桥对面的“泛海名人大酒店”的门上——我这次住的就是它——在16年之后，我发现：我装的门锁也还在用着，只是把我关在了门外一次。

我从被窗外白天清晰的海景和夜晚栈桥上点亮的灯光晃得迷糊的酒店出去，到后面的老街去溜达。我于是就溜达出了青岛老街的“德国味道”，比如，仿佛是“一战”时德国士兵戴的那种最上头有着一个尖尖的钢盔的建筑——我是指那些顶上都戴着一个德式巧克力颜色“帽子”的上百年后还那么结实的老民宅们，以及酒店后街的那个纯粹德式的“塔楼”——晚上九点钟时，那个“德国塔”还在营业，昏暗里迎接我的是一个我这把年岁的侍者，我正想要用自己也忘得差不多的德文和他寒暄，他却说他可不是德国人，他就是青岛产的。我仔细地审视了几遍他的外貌：头顶上没有太多毛发，脸从上到下都像是被德国尖利厨具刀削过的，极其的“日耳曼”。我惊叫说：“原来您是山东人啊？！我还以为谁在这‘德国塔’呆长了，谁就会长得像德国人了呢。”他很热烈地欢迎我明日再来。

（2014年11月16日）

出期末考题的万分焦虑

这星期，当本人终于将期末考试题的最终稿上交、当我两个班的“洋弟子”们终于认真地围绕着我的思路开始进入期末考试的复习状态之后，本人那根紧绷着的原本就不坚强的神经，才终于松弛下来。31日期末考试，用我的话说，那张试卷就仿佛是靶心的10环，而本人的前两次习题，已经把这支汉语水平参差不齐的“部队”，朝着靶心拉近了一环又一环。我又将我们的最终测验题目比做北京的二环路，第一次做题是在五环之外，第二次做题就已经接近三环了。我说：“我们虽然已经能够看到二环了，那“二环”就在本老师的手上（我用真正的卷子比拟着黑板上三个圆圈中的第二个），但是本老师，就是不能把最后的题目告诉你们——那样就等同于我作弊了！”

其实本人考试的法子是极为聪明的：先从《国际贸易实务习题集》中选出考试10倍的题目，发给学生们做；一周过后，再把一小部分的答案发给他们，这样，他们就必须先认真看一遍书；又由于我第二周给出答案的题目是第一次的一半，这样，学生们的题目头一次就有一半是“白做的”——我骗了他们，但是出于好心。剩下的那些题呢，还是比我的“真题”有数倍之多，但只要他们都会做了，对付本人最终的“靶心”——期末考试的真题是应该不太成问题的。这种做法的优点是：第一，我们的“题目”都是国家标准的，答案也是正确无比的，而且题目的范围和数量远大于我们学院的教科书，因此无论我怎么出，题目都是好题，也不会有大碍；第二，由于题目覆盖的范围十分广泛，学生们做我的题目时必须好好复习，必须认真看书。这样，“学而时习之”的目的就能达到了；第三，即使最后一次的“题库”还远大于“真题”，但二者的关联性很高，因此，只要这些学生的智力及格，只要他们的记性还不算太差，都不至于像上次这门课那样出现大面积的“令学院恐慌”的“落马”现象。

给外国学生出中文的“知识题”卷子，本人还是头一次，出这个卷子的难度几乎要大过本人在北大的博士论文答辩。本人出卷前的一整夜焦虑得不能睡觉，神经衰弱的旧病都犯了。你无法预测你的题目给出之后最后的“大结局”会是什么。假若真的有一半人不及格，大范围20分、30分成绩出现——据一位老师讲，那可是真发生过的。那么，无论你这半年上课时怎么苦口婆心、费尽心机以及热情洋溢、循循善诱、幽幽默默，这些都将化为乌有！你甚至不知道你的“对手”和难题究竟是哪个：是学生出于汉语水平差而表现出来的“假弱智”呢？还是有些真的不太聪明？虽然原本本人自己就是一个“装傻”和大智若愚的高手，但和那些外国学生们比，本人真难以判定在这方面究竟谁是谁的老师，因为他们的母语压根儿就不是中文嘛！举例说，当我在黑板上反复教授学生们做一道中国小学生水平的算术题时，底下的学生听我讲了几遍，还是有摇头的，我不禁纳闷：是他们听不懂我说的话呢？还是不会算术呢？你懂的：我真的不懂。总之，给外国学生出期末的“知识题”，是非常有技巧和智力上的难度的，你既不能把题目都事先公开——那就不是闭卷考试了；你还必须真正、狠狠地考他们；同时，你的“一竿子下来”，还不能打下一大堆“烂枣”，要是半个班都不及格，那和弄出一个大烂尾楼有何两样？那样，我哪儿还有脸面继续在这个学院授课？

昨天是最后一个班的最后一课，我第一堂课将复习的方法说明白了，至少我自己明白了，第二堂课我把没讲完的“尾课”讲完了。下课后，来自泰国、韩国、日本、塞尔维亚和乌兹别克斯坦的学生分别向本人致意和道谢，有学生甚至说：“老师，你真棒！”我开始听了当然高兴和心潮澎湃，但过后我一琢磨：这是说我讲课讲得棒呢？还是说我出复习题和考试的方法棒呢？总之，两周后考试，咱走着瞧吧！

（2014 年 12 月 19 日）

这学期，我教的是“商务阅读”

终于，带着上学期《国际贸易实务》只有一个学生不及格的“良好成绩”，我继续着在“汉语学院”的授课工作。这学期，我教的是大学三年级上半学期的“商务阅读”，课本的全称是《高级商务汉语阅读教程》。按说，这门课比起上学期那门令人（我）感到“被敲骨吸髓”的“知识课”相比，要简单得多了：“知识课”是成体系的，你要将整个一套学问像装一套计算机系统似的“刻录”到学生们的脑子里面，让他们以后碰到问题时，具备能调用被你“灌输”过的那套“大知识系统”各个局部部件的良好能力。比如说，我上学期讲的最后一次课是“支付方式”，包括“电汇、信用证”什么的，那绝对非常重要，因为你总不能学过了进口和出口的各个环节后却不会最终跨国付账（或者要钱）呀！因此，上学期越上到最后，我越提心吊胆，生怕时间控制不好把那门课最重要的“尾巴”给省掉了。相比之下，本学期的“阅读课”就简单多了，几个“单元”的课程内容是分开的，彼此没什么联系，就像是事先切割好的“豆腐块”一般，你只要按顺序，一块块地“喂”到孩子们的嘴里，也就行了。

本周上的是“开场白课”——100 分钟不停歇的那种，每门课第一课都是这样。我讲了什么是“阅读”，以及什么是“商务阅读”。我先将这两三天攒下的《新京报》《北京晚报》《参考消息》《环球时报》之类的报纸一页页分发给学生们，让他们每人任选其中的一篇文章，先用五分钟时间阅读，再汇报那篇文章的标题和大概内容。然后我就从怎么阅读、怎么排除阅读的“障碍”开始讲了，遇到不认识的字怎么办——除了查字典还可以猜猜嘛，因为我们的阅读，包括你阅读母语文章，都是从连蒙带猜的过程中一步步走来的。这时，你就能听到学生们“猜”出来的他们读到的那段文章的梗概了：有在还没闭幕的“两会”上提议“反腐”的，有两个孩子掉进河里怎么被人救了的，有北京西客站和北京站马上要通列车的，有德国总理默克尔到日本访问告诉安倍晋三要“正视历史”的——念那段文章的学生是从哈萨克斯坦来的，她后面正坐着两个日本女孩。在听完学生们的“阅读汇报”之后，我开始讲什么是“阅读”和什么是“商务阅读”。为了活跃气氛，我甚至说“阅读课”本来是不用上和不该上的，因为我们在学自己“母语”的时候，从来就没学习过一门叫做“阅读”的课程，比如说，我本人就从没上过“中文阅读”那种课，但我一路也阅读了下来，还阅读了那么多，并且一天都没停顿。可能这些学生上了三年的中文课，第一次在课堂上听一个老师说他上的那门课本来就不该上吧。看，这就是“外聘代课教师”的“任性”（当下最流行语）和“自由”！

虽然这门课相对简单，但“紧张感”仍旧是有的。好歹汉语学院是“北语”的主流，而且学生们都是千辛万苦来上课的“五湖四海生”。这两个班级学生的构成更加复杂，除了讲俄语的中亚地区学生之外，班里其他学生似乎都是从世界那些“热门地区”来的：有巴勒斯坦的、伊拉克的、朝鲜的、韩国的，当然，还有乌克兰的。我注意到，最认真的还是那个朝鲜学生，他每个问题都能答得上来，而且课后还问我：“老师，什么是‘高铁’？”

自打将上一门课咬牙坚持下来之后，我在“汉语学院”的初次测试算是及格了，心理也放松一些、坦荡一些，因为已经 53 岁的本人，差不多进入教师生涯的“10 年倒计时”时段了，多教一年不多，少教一年也不少，多多少少已经不太重要，重要的是随时可进，也随时可退。一般来说，一个行业能连续从事 10 年，就能心安理得地说“我是干什么的”了，就拿上个月到海南三亚的那次旅行来说，别人问我是干什么的，我一路上说的都是“我是教师”，毕竟都干了 10 年了嘛！回头看看，本人除了写作之外，还只有在教书上面稀稀拉拉花了 10 年以上的光景。

（2015 年 3 月 13 日）

我班上的伊拉克学生来了

我班上的伊拉克学生这星期来了，可是，那个乌克兰的学生却走了。上星期的第一堂是试听课，可能有的学生不喜欢我上课的风格或不喜欢这门课吧。另外，我班上那“第二个”朝鲜的学生也来了。凭借我在“北语”的经验知道，朝鲜的学生即便在中国也会像中国20世纪80年代前那样被要求一定二人同行，因此，或许第二个选我课的学生是第一个的“伴读”。课前，我和那位特别认真的、上次问我“什么是‘高铁’”的学生聊天，他让我回想起20世纪80年代在东京、从“共产主义中国”派到当时亚洲最发达的国家孤单地学习（在日本公司进修）时候的“齐老师”我自己。

有个满腮重胡须、耳朵上别着一个耳机、不知是听我讲课还是听流行音乐的男学生，在我问大家懂不懂什么是“汇率”（Exchange Rate）的时候，大家都说知道，只有他一人把头摇晃得像腰鼓似的。我于是一边继续讲课一边暗自分析，最后才琢磨出这个学生肯定是从战火中的伊拉克来的。为什么？因为只有那种炮弹就在耳朵边上飞的国家的钱才怎么都没人要，因此，哪儿来的兑换率呢？！真是这个孩子的不幸。记得本人1985年年初到日本时，无论中国怎样的穷，好歹还是有零星的外汇储备的，好歹还是有些东西（比如土特产什么的）能出口换汇的，好歹还是有人民币对“硬通货”的汇率的，而今天战乱中的伊拉克用什么换美元呢，还是用石油吗？

还有一个难讲的词，是“承包”。“承包”用今天的中文怎么解释？今天的中国小孩子懂得20世纪70至90年代中国的国有企业很多都被私人“承包”的那段历史吗？何况是外国学生。我分别用“承办”“承租”解说那个“承”，然后再用“包干”说明那个“包”，学生们有的点头，有的还是似懂非懂。就这么地吧。

在另外一个班上，当我用尽吃奶的劲头将与“广交会”相关的两节课用机关枪加迫击炮和喀秋莎（这班里讲俄语的学生多）“突飞猛进”（课文里有这个词）地讲完之后，学生们不知是被陶醉的还是快到饭点饿了，反正都有些迷迷糊糊。即便如此，课后还是有两拨儿学生非常认真地捧着教科书上前台来，小心谨慎地问：“老师，您看这儿……”我定睛一看，才知道自己刚才误将“招展”两个字讲成“拓展”了，一个“招”，一个“拓”，即使带着老花镜都混同了。罪过，罪过呀！下次课一定要检讨检讨。

老上级刘老师说——在我告诉她本学期我讲的是“阅读

课”的时候——“‘阅读’就是带着读呗！”我细想也对，在俺十年整的“兼职教授生涯”中，恐怕这学期讲的课是最简单的一门，不用自己搞材料，照着书念就行，而且是用母语。但是，怎么把“招展”狠命说成“拓展”了呢？

（2015年3月22日）

朝鲜学生比我更知道“长征”是怎么回事

教了这么多年的书，才开始用汉语讲课；学了大半辈子外语，才把汉语当成“外语”教授别人——这类发自内心的感觉，恐怕只有自己才会清楚。以上是个人的经验，当我把这种“个人经验”放大到“汉文vs外语”时，对于“发现汉语”的意义或许就不是一件小事了。比如，这两课说的是“会展经济”——包括“广交会”和“世博会”，而几节课上下来之后，我越来越发现现代汉语简直就是英文句子和文字的直译，汉语中“被英文”的比例之高是非常令人震惊的，比如“会展”就从conference & exhibition而来，“世博”就是从Expo而来，课文中所有关于“申办世博”的内容——包括那些法则和程序，也全都是英文文本照搬进中文的，因此，我的“中文课”上着上着就不由自主地转变成“英中”对译的课了。往大了说，中国现代人的思维以及反映思维的文章、文路、文脉，其实是先被“国际法则”给引导，然后再用英文等“国际语言”给限定好了的，我们几乎是按照人家制定的思路在思想，离开了以英文为主的国际语言，中文就不是中文了，就不成句子了，这在我主讲的“商务课”就更为明显。比如，什么叫“生意就是生意”，不就是“business is business”的照搬吗？还有什么“黄金法则”之类的——实际上，传授当代汉语的“黄金法则”（golden rule）似乎只有一个，就是把“英译中”做好而已。

其实，这对一个教授汉语的中国人来说，挺没面子的。

有一点是可以肯定的，那些教授英语的美国人、英国人、澳洲人，不会陷入我这种窘境，他们肯定不会教着教着英语课文，发现这个词那个词是从中文过来的，当然，除了那些如“功夫”（kung fu）、“豆腐”（tofu）之类的极其个别的字眼。

但是，汉语中也有许多不好解释的东西——比如那些和中国历史、政治、哲学相关的内容。“北语”的汉语教学大纲中这类课程原本不多，那些不远万里来学汉语的学生好像也对中国的政治、历史没什么兴趣，他们学习中文的唯一目的就是“说中文，写中文，读中文”，真正对中国这个国家究竟是怎么回事关心的人凤毛麟角，尤其是我的这些“经贸系”的弟子们，他们最终的学习目的兴许就是做中国的生意赚中国的钱，至于中国50年、100年前是咋样的，于他们并不是那么重要。在这学期教授“阅读”的过程中，我还发现了许多不太好讲授的中文词语，比如什么是“生产力”，这个“力”仅仅是“能力”的“力”吗？你不把马列主义政治经济学的“生产力VS生产关系”说明白，学生们只能对这个“生产力”夹生着理解，但“马经”是一句话两句话能说清楚的吗？再有，怎样解释“客观”这个词？你要先说什么是“主观VS客观”，但继续讲下去你就进入“马哲”和德国古典哲学的领域了，但你没时间说谁是黑格尔，谁是康德，谁是费尔巴哈、马克思和恩格斯呀！

最后一个例子是“长征”。现代中国人对“长征”二字情有独钟，例如课文里“长征系列火箭”之类的，但学生们大多不知道什么是“长征”——他们不学中国近现代史和革命史呀。于是，我就在黑板上画了一个中国地图，在南边潦草地勾勒了几个大圈圈，说当年的“中国工农红军”就是这么这么这么一步步从“国军”（反动的政府军）的包围圈中边打边冲出去的，因此，才有了你们今天坐着的和平安静安全的中华人民共和国的教室。听后，有的学生都差点被感动了。但我遗忘了一点，就是“长征”到底从1934年还是从1935年开始的来着，全过程是4年还是3年呢？这时，那个朝鲜来的学生坐不住了——就是问我什么是“高铁”的那位，他十分肯定和决断地回答：“是从1934年到1935年！”老师我于是对他对中共早期历史的熟悉程度感到震惊，我连说：“谢谢这位同学！”

下课后，那位朝鲜同学还是对“长征”的问题抱着再讨论再核实的心情走上来和我切磋，于是我对他就只能由衷地佩服。

周四上课前，一位姓“李”且名字和语气都有些女性的学生发短信说：老师，今天实在对不起，我肚子剧痛，不能来上课了。我连忙回电说：不要紧不要紧，好好休息吧。课后，我核实了一下学生们的名字条（上课前给老师备案的），发现这位同学就是上次我提过的从伊拉克来的边听课边在耳朵眼里安放一个耳机时不时呈严厉思考状的满脸黑胡子的同学。

（2015 年 3 月 29 日）

怎样解释“班门弄斧”

在解说“班门弄斧”时，我比较犯难了，因为教科书上的介绍不太清楚，因此，我就从谁是“鲁班”说起。我说那个“班”是个木匠，学生们不知道什么人是“木匠”，我就再从什么是“家具”说起，然后，我说“班门”，就是“鲁班他家的门”。“斧子”也不太好讲，因为这些讲俄语的孩子们都是城里头长大的，也许不知道什么是“斧子”，因此，我只能在黑板上画一个比较简易的“斧子”——这有些像仓颉发明象形汉字时候那样，这么一来，“班门弄斧”的意思就比较清晰地浮到水面上来了。我说“班门弄斧”的全部意思就是在大师前卖弄大师最擅长的手艺，比如……我又仔细看看“俄语圈”学生们的表情，说：“就好比是在柴可夫斯基面前弹钢琴，再就是……”我见大家还是半懂不懂的，就突然想到了一个能请来救场的俄罗斯运动员，说：“就好比是，在莎拉波娃眼前打网球！”哦，这帮孩子终于有的开始点头了。

在讲《一个荷兰人眼中的中国》的时候，我让学生们把那个“荷兰人”变成他们自己，于是，这个题目就可以变为“一个吉尔吉斯坦人眼中的中国”“一个俄罗斯人眼中的中国”“一个伊拉克人、乌克兰人、韩国人、朝鲜人眼中的中国”了。我敢肯定，一个韩国人眼中的中国和一个朝鲜人眼中的中国，是不一样的；一个乌克兰人和一个俄罗斯人眼中的中国，也不太一样。我尤其想知道，一个战火中的伊拉克人眼中的中国，是个什么样子。有趣的是，那天我说到北京的房价和北京“限购”房子的话题时，那个伊拉克学生竟然说他在北京已经买了四套房子，而且有一套似乎是在2013年“限购”开始了之后买的。

我布置的第一次作业的题目是“说说你们国家的一种（和广交会相似的）展览会”，两个朝鲜学生平时非常积极主动，但作业迟迟交不上来。课后，那个和我关系不错的印尼华裔混血学生笑着说：“老师，您知道为什么吗？我猜朝鲜从来就没有什么展览会吧。”我也笑了，说：“可能是吧。”我于是就多追加了一道题目，就是“我眼中的中国”。因为这个题目是每个人都会有答案的。

在对学生们讲授自己对“文化差异”的体会时，我说30年前第一次出国时到的是日本东京，出机场后我第一次看到了高速公路和私家车，因为那时候的整个中国是没有高速公路和私家车的。我接着说我1988年第一次出差去美国时，在洛杉矶机场让我最惊奇的发现原来人类还可以有那么多种“花花绿绿”的长相。在东亚，我们的长相大都是（至少是头发和眼睛）一样的。后来，我在北美生活了近十年再回到北京时，起初最不习惯的，就是我周边的人咋都是一样颜色的头发和一种颜色的眼睛呀？半年之后我才适应。俄国人由于长相“花花绿绿”，学俄语的时候仅头发的颜色就不知道学了多少种，什么红的呀、棕的呀、黑的呀、绿的呀，而这些词汇，在中文是没什么必要学的。

在汉语学院经贸系教书的这一年，由于学生们都“花花绿绿”的，我仿佛又回到了侨居过多年的蒙特利尔，多少有点错觉，这种错觉从进了教学主楼、从被来自各个国家的“什锦学生”们包裹的那一时刻开始出现，那种感觉随同下课的钟点的到来结束。然后，我就又回到了一模一样的国人的人流之中了。

（2015 年 4 月 12 日）

“牲口”和“畜生”的区别何在

上周几个不太好为学生解释的词语分别是：

（1）“靠……发家”。教科书里讲了一个“靠土豆发家”的美国人，他像《阿甘正传》里的那个把虾米彻头彻尾都开发了的阿甘，把土豆的浑身都利用起来了。换句话说，让他发家的资源是“土豆”——这还不是难解释的，难的是什么是“发家”。从学生们的反映中我发现，“发家”好像并不全是各国人民的最高理想，尤其是当“发家”这个词，和“发面”“发酵”“发炎”是一个词头的时候。

（2）教材说那个为麦当劳快餐店供应“冻炸土豆条”的老先生将人吃剩下的土豆“综合利用”起来，让土豆“物尽其用”，比如把土豆皮和谷物混合起来，喂牲口吃。“牲口”这个字眼不好解释，因为在这之前我们都忽略了“牲口”和“畜生”的区别。我结合着小学随父母在河北文安县“五七干校”农村生活的残留印象，告诉这些不要说中国的农村没去过，就连他们本国的农村也没去过的洋学生们，我说：“牲口”就是能干活的那些动物，比如牛呀、马呀、驴呀、骡子呀（他们那边有骡子吗？）；而那些不能劳动的动物，比如猪呀、羊呀什么的，就不是“牲口”，而是“畜生”。在第二个班，由于忘了其中有从伊拉克来的穆斯林同学，在例举“畜生”中的“猪”时，我脱口而出，却又有些后悔。下次一定注意。

（3）“软乎乎”，难讲的是“乎乎”。我用与之相反的“硬邦邦”里的“邦邦”，让“乎乎”和“邦邦”呼应，并举例说有的人的手上全是肉，摸起来“软乎乎”的。当然，在-50℃的西伯利亚，冬天户外人的手指头应该是“硬邦邦”的吧。

（4）像许多中文的时髦词汇都来自英文一样，“瓶颈”现在都被说烂了，但即使是中国知识人，能把它的原型“bottleneck”写出来的，我猜也没有太多。我用手里正喝着的“乌龙茶”瓶子做道具，我让学生们先看看瓶子的脖子“neck”，是不是比瓶子的肚子细，因为只有这样比划了，大家才知道所谓的“瓶颈”，就是肚大脖细往外倒水不通畅的意思，然后再转义成了什么什么的“障碍”。你也懂了吗？

（2015 年 4 月 26 日）

本年度“文化讲座”开讲了

本周本学期的第二门课——“文化讲座”也开始了。教学对象是国内学生，都是来自一家名叫“京东方”的知名国企的青年员工。“京东方”公司来的年轻人在听完我关于要严格遵守考勤的开场白后没什么抵触情绪，或许因为我是用“小品”的风格说上面一番话的吧。在开讲“文化”时，我先在黑板上用比去年给“中石油”的员工上课时进步多了的大字写了“何谓文化”，然后写了一个当代著名文人的名号，我说这是这位大师近来出版的一本新书的名称，咱们就用它作为今晚演讲的题目。我说“文化”是个十分难以讲述的主题，因为文化是飘在空气中的，是流通的、变异的，是极为复杂的，是说不清道不明的，因此像这位大师这样将“何谓文化”当作自己著作题目并试图只用一本书就把“文化”说明白的行径，本身就是没什么太深文化的表现；他老人家也太藐视“文化”二字的神圣性和复杂性啦！

当学生们已经在我的引导下逐步进入“有文化”的境界之后，我就开始试图说明文化中“现代”（modern）和“后现代”（post-modern）的区别了。当然，我们讨论了十多分钟之后，什么是“后现代”我还是没说清楚。于是我就做总结了，我说当你总说不清楚一件事的时候，你就成功进入“后现代”的状态了。我说比如老师我现在的状态——退休后上课可上也可不上，就是一种“后现代”的状态；而你们呢，你们必须到语言大学进修，你们进修好英文之后要晋升一个级别、要奔赴全球去当中国国企的年轻的经理人，这表明你们正处于“现代”的情形中。

前些日给外国学生讲解“后现代”的含义时，我举的例子是新的央视办公大楼，我说你们实在想看看什么是“后现代建筑”的话，就到那座楼下去观望吧。当然，我还另有一个非常恰当的“后现代”的例子：牛仔裤（jeans），当你穿牛仔裤时你是“现代”的，但你在牛仔裤上面掏上几个大窟窿，那么，你就“后现代”了。

文化的传播媒介之一是语言。我说研究表明，当一个人使用双语思维的时候，他就已经“人格分裂”了，因此，能听懂多种语言的本教师的人格时不时处于“分裂”的状态。这时，一个来自福建省母语是闽南语的学员大呼正确，说他本人也处在一种人格分裂的感觉当中，因为普通话是他永远也使用不灵便的“外语”。

今年我选用了一本法译汉教科书作为“文化”的“权威教材”分发给学生们。我说这上面关于“文化”的定义是目前为止我认为最好的，远好于那本大师写的《何谓文化》。我说你们千万别嫌它短，这本书关于“文化”的定义可句句是真言！你们没在西方的教堂听神父牧师讲过《圣经》吧，他们总讲得非常慢和精细，一次礼拜能把两行字讲透彻就非常高效了。果不其然，下课的时候，我带着学生只进行到了课文的第一页的结尾处。不过，那句话极为精辟，说：“文化是后天而不是通过遗传获取的”——这无疑是一个非常令我和学员们感动的结论，因为它证实了文化名人后代不见得就非有文化不可。文化主动为“圈外人”开了一个永久性的可后天习得的天窗，任何平民，只要你对文化敬畏和抱有兴趣，你都能变成一个“文化人”甚至“文化巨匠”——通过你后天的努力。

当“文化课”在小伙子们的热烈掌声中下课的时候，我感到某种“高兴中的怅然”：我认识到面对面用语言授课的“言说神奇效果”，这往往是写作远达不到的。言说是具体的、鲜活的，而写下的字符甭管多么活泼，文字毕竟是固化的，是沉默的。本人空有了得的口才，却无缘在更大的场域中发挥。

由于我们的“文化研究”是“跨文化”的，因此，我为留学生上课的经历就能作为“同步活材料”派上用场了。中外两种课是文化这个“大千层饼”的上下两面。本周的留学生课由于课文里有“不惑之年”几个字，我索性将孔子的

“三十而立，四十而不惑，五十而知天命，六十而耳顺”，外加杜甫的“人生七十古来稀”写到黑板上，逐一为孩子们解读。效果甚佳。见各国学生们一再点头，我领悟到三十岁的人需要成才、四十岁就不该再迷惑、五十——我这种年岁就该知道能干什么不再能干什么，接下去，六十岁心境非常平和，直到七十岁就差不多该“挂”（死）了，这些都是打孔子时代就有的道理。

我将手中喝水的瓶子使劲丢到讲台上，只听到“duang！”的一声巨响，我说这就是课本上的“响当当”三个字的意思。

我问外国学生，你们知道“文革”时俺们是怎么和老师玩恶作剧的吗——因为必须把“倾盆大雨”的“倾盆”说清楚——当时我们小学生经常在老师走进教室前把门关好，用一把扫帚将一盆脏水顶在门后，这样老师一推门，那盆水就能“倾盆地”扣到老师的脑瓜上了！讲完后，我顺便提醒学生们现在“文革”早已结束，中国人都已经非常尊重老师了，因此，请不要在本老师来上课的时候使用刚才介绍的人造“倾盆大雨”的方法。学生们听完后先大笑，然后终于闹明白为何齐老师总是第一个先来教室了。

（2015 年 5 月 10 日）

2014年下半学期~2015年上半学期任课小结

由于自己刚到汉语学院任教不久，在这一学年中的主要任务是熟悉新的教学环境和教学规则，同时摸索经贸汉语教学的规律和特点。上半学期，我讲授的课程是“国际贸易实务”，由于有长期从事进出口业务的实践经验，尽管是初次担当这种课程的教学，对教学对象的特征也相对陌生，然而通过自己的摸索和其他老师的帮助，最终还是通过了这门新课的“大关”，学生们的期末成绩也比较理想。

我第二学期负责的课程是“经贸汉语阅读”，由于有了第一学期的经验，对这门课的感觉相对轻松一些。在教学中我发现由于有现成教材，其中使用的案例和当下的经济环境相比难免有些滞后，因此只要课堂上有些零余时间，我都主动地从这半年来中国的经济新闻中提取一些和课程模块相关的新鲜素材，将这些新闻材料复印给学生作为课程的补充材料，并进行追加式的解读。例如“2015年春交会”“米兰世博会”“亚洲投资银行”“一带一路”“中韩、中澳自贸协定”等话题。这样，就逐渐摸索出一种将商务阅读课有意识地和其他经济理论课上传授的概念“对接”，将阅读课视为国际贸易理论、宏观经济理论、微观经济理论和管理学理论等其他理论课程的“案例”进行教学的思路，使教学对象既能通过教材内容掌握基本的商务知识点和语法点，又能和“正在进行”的中国经济和世界经济发展保持实时同步。

——总结完毕喽！

（2015 年 6 月 27 日）

俺咋要“塌中”了

我是在歌唱家李光羲的一个访谈节目中听到“塌中”这种说法的，八旬多的李老师说他曾经“塌中”过六年。查了一下，“塌中”的官方解释是：戏曲术语，演员在中老年时期，由于生理关系，发生失音现象，完全不能歌唱，叫“塌中”。唱《祝酒歌》的李老师在失声的六年中备受煎熬，但后来奇迹般地好了，继续他的《祝酒歌》后半生之旅。

本人这个学期也时不时地“塌中”——在我的“商务阅读”课上，感觉嗓子撕裂般地疼，火烧火燎的。于是，就赶紧用事先买好的“康师傅”之类的矿泉水往上浇水灭火，而本人正声嘶力竭宣讲的，恰好是“康师傅方便面传奇”的课文。

我一边用水补救着课堂上偶尔的“塌中”，一边分析它发生的原因：它的第一祸根肯定是来自暑假从南非到中东的长途旅行，温差（由南非冬季的十几度到阿布扎比的五十多度）之大，足以让坚固的食道肌肉减少弹性；其次，那“塌中”的原因，莫非是因为本人上课时太玩命而导致的用嗓过度？

九十多分钟的两节课就听俺一个人的高喊，我拿出了三十多年前大学歌咏比赛上当《黄河大合唱》领唱的本事和二十年前到德国出差时在黑森林的一个古堡里为各国同事们高唱西洋歌剧的“真功夫”，在五十多岁的“高龄”连续地在课堂上为大多无精打采的外国“弟子们”不偷懒地高调朗读，这或许，正是嗓子如战斗机屁股般喷火的原因！

（2015 年 10 月 9 日）

这星期，我面对的是两个空空的教室

“三下”的两个班都到南京“实习旅行”去了，而他们占了选我这门课人数的绝大部分，剩余的其他班级的学生也就是一两个人，因此，我在周一、周四打车前去上课的时候就有绝大的把握：我或将面对的是两间一个学生都没有的空空的教室。那为什么你明知道课堂上没人还去上课呢？因为从“理论上说”剩余的那一两个四年级的“零星学生”还是有来上课的必要性和可能性的——他们都选了课嘛。但凭我对他们的“认知”——其中一个是去年在“国际贸易实务”课上教过的乌兹别克斯坦来的胖男孩儿，他们肯定不会来和齐老师“一对一”聆听我扯着嗓门并有时候声嘶力竭的“教诲”，因此说，我花几十来元的出租车费要去的两个课堂，在忽忽悠悠的路上我就几乎肯定地知道：它们将会是空的。

它们果然是空的。周一上午，我空空地对着空空的平日满目学生的课桌，盯着墙上高悬着的钟表，我等着上课后十分钟时间的到来，因为那个时间一到，就证明再也没有任何一个“流散”的学生会来，我就能心安理得地回家。果然没有。于是我就真的回家了。我用这一堂空空的课堂上赚到的“课时费”的一部分坐出租车回家。而周四下午，我就已经习惯一个人面对一个空空的教室了。先到同层的“艺术系”的“作品展示栏”看了看那些专业学习者们的书法作品，然后回到我的“专属教室”，我拿出了想看没来得及看完的报纸的剩余部分，有滋有味地读着。我似乎已经习惯这种“守空门”的感觉了，我甚至会误以为，本来课堂的模样就应该是空旷无边的。两个不是这个教室的外国女学生讲着英文走进教室，看我一个人傻乎乎地读报，她们似乎纳闷我在干嘛呢？她们借用了一会儿我的空间，然后道谢走掉了。

在这所大学，本人已经做满一“纪”（十二年）的客座教师，我上过各种奇怪的课：有面对一个挪威女学生用英语宣讲老子《道德经》的，有面对两个极其“二”的一上课必定会像刚吃大量安眠药般睡昏死过去的中国的“富二代”学生的，有在一间密封隔音的空屋子独对着一台摄像机任我一个人慷慨激昂手舞足蹈还需使劲幻想着跟压根儿就不存在的“听众”激烈互动着的（网络课程的录制），但真正的空来也空走，却凭良心和职责必须来，也没办法不提前走（俺傻呀？）的课，本周这样的，算是第一次吧。

（2015年11月6日）

我帮他们“读懂中国”

“读懂中国”（Understanding China）第二次会议上周在北京雁栖湖举行。本人想到自己的“商务阅读课”，其实不也是帮助外国学生们“读懂中国”尤其是读懂中国经济吗？每周两段课本上规定的课文之后，就是本教师自己的“自由发挥”时段了。剩余的时间多了，我就多发挥一些；少了，就少发挥一些。每堂课我都发给学生们由我自行刊印的A3两面的巨幅“补充教材”，上面的内容是上周中国经济的重大话题（大事件）——这些，都是我从《环球时报》《新京报》《北京晨报》上找来的，内容琳琅满目，比如上学期的“一带一路”“亚投行”，这学期的“TPP”“习近平夫妇访英”“中国财富总值超日本成为世界第二”等。这种上课方式非常像本人早先用英文给巴西学生讲授的“中国经济重点话题”（Selected Topics on Chinese Economy），这样一来，本人就非常巧妙地将本来十分“低端”的、似乎谁都能上的“商务阅读”课，和最新的、当下的、眼前的（就是上周刚发生的么）中国经济反思回顾以及本人的经济学问“捆绑”

到一起了。由于课本上的“中国故事”大多是五年前的——明天俺要讲的那篇课文还说中国是“世界第三贸易大国”，但早在几年前中国就已经是“世界贸易第一大国”了。因此，本人的教学内容必须用刚从报纸上“扒下来”的东西与时俱进。

不仅要读懂五年前的中国，还要读懂上星期的、下星期的、下下星期的中国！

（2015年11月8日）

“光棍儿节”前我讲解孔子的语录

今天是“双十一”电商血拼（Shopping）节。在昨天的课上，我在黑板上写了Bachelor's Day、“光棍节”“学士”，以及“11·11”，并详细说明它们之间是怎么被一些“坏商人”死拉硬扯地联系到一起的。英语的“Bachelor”有“光棍儿”和“学士”的双重意思，我说同学们你们再过一年，就该变成学士以及光棍儿了。

在讲到课文上“王某某到而立之年”的时候，像上学期一样，我先在黑板上书写“三十而立，四十而不惑，五十而知天命，六十而耳顺”以及（我略微迟疑了一下之后）“人生七十古来稀”（因为这不是孔子说的），然后我带着学生们大声朗读了一遍。我说老师平时是不带读的，但由于说这些话的是两千年前的孔子，所以值得你们记住。我还问：你们听说过这些话吗？一个平时非常专注听课的韩国学生点了点头，说明韩国的课本中是有孔子的显赫位置的。难怪人家要为孔子申遗！而坐在最前排的朝鲜女生就不点头。

我说按孔先生的估算你们再过七八年，也就该独立地

“立”住；到了四十岁呢，学习经济贸易的你们就该在某某公司当一个什么经理，也就知道该做什么不该做什么，也就该“不迷惑”了。到了老师我这个年纪——五十岁之后，你们就该知道老天爷这辈子想让你做什么和不想让你做什么，就该“知道天命”了。什么？你们问老师的“天命”是什么？不就是当你们的老师么？

课文中“底线”一词。这来自英文的“bottom line”。我举例说“做人不能没有底线”。下课后一个英国学生问：“老师，那句话怎么说来着？是‘做人要有底线’吗？”我纠正说，意思是那个意思，但听起来不地道，汉语只用否定的句法，只能说“不能没有”。细想一下也蛮有趣：为什么只能说“不能没有”（否定之否定），而不能正面干脆点说“你要有底线！”呢？

（2015年11月11日）

课上关于齐老师的“享年”的研讨

在讲解课文上“享誉京城老字号”的“享誉”的那个“享”的时候，本教师还没说太清楚，就忽然灵感一现，在黑板上写上“享年”二字，说除了“享誉”,“享”还普遍被用在这里。不信你们翻翻中国各地的报纸，每天都有在某处（通常是哪个犄角旮旯）登着一个什么人的头像（比如刚刚去世的德国前总理、中国人民的“老朋友”施密特），然后呢，先是说他（她）刚刚死了（去世），再然后，就是一个阿拉伯数字（不知道为什么中国人死的时候喜欢用阿拉伯的数字计算），比如96、66、36什么的，而在那组数字的前面肯定还有两个汉字，倒数第一是“年”，再前面的呢，就应该是个“享”了——就是和咱们课本上“享誉京城”的“享”一模一样的“享”（我强调说）。见有的学生还是似懂非懂的，我就又有了一个灵感，说就比如哪年哪月哪天，当齐老师我去世了的时候，假如到那个时候我还小有一些名气的话，那么就十分可能，在《中国老年报》之类的一个字号特别大的报纸的“中缝”地带，有一张身份证件上那种通常是二寸的、看上去没精打采或者像被新手整容师傅刚刚练手过的齐老师的脸部照片，然后，你们就可以找到一组阿拉伯字码——我没过脑子就飞快地在黑板上先写下“71”，然后再加上“享年”二字，也就是说你们的老师是在那个岁数上开始“享受”那种走掉的快乐的。这下，那些刚才不太懂“享”字用法的学生们就基本懂了，但有一个印尼华侨学生还是不懂，笑问为什么齐老师未来的“享年”是71岁，而不是更大的岁数呢？我犹豫了一下，也思忖了一下，胡乱说了个理由，说齐老师是不想给地球增加太大的负担呀（我们这个学习单元的专题是“环境保护”和“可持续发展”）！

当外国学子们通过我举的例子基本明白“享年”的使用方法之后，我忽然又想到有一点忘了强调，就赶紧大声补上，我说：“同学们请注意，可并不是所有的人死后都能在死的岁数前面加这个‘享’字哦，假如你做过坏事或见不得人的事情，比如你蹲过监狱、吸过毒、腐过败、杀过人，后来你被枪毙了，那在报纸上你的寿数前就绝对没有这个‘享’——你将没资格享受这个汉字的待遇！比如，任何报纸都不可能报道说‘昨天 ××× 被执行枪决了，他享年38岁’，除非是他后来被证明是被误杀的（这种事情真有）。再比如（我忽然又有灵感了），希特勒那类坏人的寿数前面也只能用个‘死于’二字，而绝对不是他想‘享’就能‘享’的！”

说到这里时望了一眼前排坐着的两个正在专注听讲的日

本女学生，我本想用日本被绞死的战犯“东条英机”作为不得好死而绝对不能用“享年”的例子，但略微犹豫了一下，没说。

（2015 年 11 月 14 日）

孔夫子的“反恐一揽子解决方案”

原则上，在“商务阅读课”上本教师是不随便讲政治的。中国人似乎到目前为止从未在给外国学生的授课中讲透过什么政治，这，我也不知道是为什么。或许是因为中国人对自己的政治观念能被异邦的学生们接受没太大自信？20世纪80年代末我在加拿大卡尔顿大学修过两年公共管理硕士（MPA），核心课程其实就是西方政治和经济，因此本教师对西方的政治制度和体系并不陌生，但是，在国内教授外国学生的这近乎十年中，我能给学生们灌输的绝大多数都是中国人是怎么赚你们的钱的，以及你们怎么才能从中国赚钱，这对本教师知识体系来说无疑是个不大也不小的缺憾——咱们不是要有“自信”嘛。

现在巴黎和欧洲的“恐袭”来了，搞得整个世界都心神不定。本周的课上，几个来自不同地区的有着不同宗教人文背景的学生带着难以掩饰的焦虑的表情和我说起他们的惶恐和犹疑，有匈牙利的也有中亚（乌兹别克斯坦）的，有信基督教上帝的也有信伊斯兰教真主安拉的。在同我讨论巴黎的

“恐袭”问题时，从他们的眼神中我能看出他们与其说是想听一个“中国教师”对刚刚爆发今后不知何时收场的被梵蒂冈教皇称为“第三次世界大战”的人类危机的“官方评判”，不如说是想听听一个和他们的父母同龄的年长“伯伯”的个人经验之谈——其实，教育的内容之一不就是长辈对晚辈说的“私房话”吗？要不为什么通常老师的年龄都是学生年龄的倍数？这或许不包括理科的知识传授，但人文的必定如此：尽管知识书本上、网上你都能找到，然而不同老师（长辈）的个人阅历、人生经验不同，因此，每一堂课虽然都是照本宣科（念书本）、使用的都是同样的配方，炒出来的每盘菜（每堂课的传授上）却都有不同教师独有的味道，每堂课都仿佛是带着来自“叔叔”（男老师）和“婶婶”（女老师）们不同身心的不同味道。

就比如本人对“反恐未来”和“世界还会好吗”这些个新问题——在回避正面“讲政治”的前提下——的讲授方法吧：我先用男厕所标记那样的符号在黑板上划了两个站立的人，我说世界上任何两个人都是这样子的，它们（符号）代表着任何两个人，比如代表了齐老师我——一个中国人和你（我手指着一个同学）——一个乌兹别克人，还有你——乌兹别克人和她——一个朝鲜人，还有她和他（一个英国学生、韩国学生、日本学生……），我们生下来本应是一样的，随后，我在黑板上写上“人之初，性本善。性相近，习相远”。

“性（天性）本善”就不用说了，那么，为什么我们会“习（习惯、习俗）相远”呢？同学们想想，在有飞机、火车和汽车之前，我的爷爷的爷爷的爷爷和你们的爷爷的爷爷的爷爷的家，该有多么地遥远——因为那时候的地球是那么大和那么圆，因此，从未相互见过面的他们，当然会吃不同的食物，穿不同的衣服以及信不同的宗教啦，这难道不是非常自然和理所当然的吗？因此，不同族群的人的信仰不同和饮食起居不同并不是件令人感到恐怖的事，你反过来想，假如生活在地球上的几十亿人，都完全一样——一样的文化、一样的理想、一样的穿着打扮、一样的语言的话，那么，这个世界不就十分枯燥无味了吗？因此，要想让这个人（黑板上的）和那个人（也是黑板上的）相互理解和相爱，首先要承认他们是可以不同的，然后呢，你再努力跨越妨碍他们二人相互理解的障碍，这头一个障碍就是语言，因此同学们才从世界各地来这间教室跟齐老师学习中文，齐老师也向你们讨教韩文、俄文问题；还有，要想让黑板上的他们相互走近，一定要增加人和人之间交流沟通的渠道，比如，你们眼下学习的经济和贸易就是其中之一，因为只有经济发展了，贸易扩大了，大家的生活水准提高了，不同宗教信仰的人和人的交流才能更加密切，才能减少彼此之间的无知和恐惧，也才能避免令人厌恶害怕的杀戮和战争。好，同学们，到时了，咱们开始读课文吧！

（2015 年 11 月 18 日）

我们的课堂
——"世界语言大排档"

学期又到尾巴上了，有些学生已经多少出现了些厌学情绪，具体的表现就是：有的上课玩手机；有的上课做必须周末交卷的别的课程的"实习报告"；有的上课公然睡觉——其实这种现象已经延续几个学期了；有的在阅读课文的时候用自己国家的发音读——这种现象尤其反映在日本学生身上……因此，本教师就开始着手整顿教学秩序——尽管可能已经来不及了。

我让学生们和我穿插着阅读课文，比如，我先念一段，然后让那个上眼皮和下眼皮刚刚开始"谈对象"的学生接着读，于是他（她）就不再困了。我严厉地批评一个见到"委员会"三个汉字，就把舌头朝着日语那三个字发音上"冲刺"的女学生，叫她别一见到汉字就往日文读音那边想、那里读，那样明年就要毕业的你一张口，谁能知道你说的究竟是中文还是日本语呢？还有就是小陈——一个印尼学生，我说你的朗读显然不是班里最好的……但我这么一说，却显然打击了小陈的自信，因为他是华裔呀。他因此脸沉下来了，于是我才意识到，学生是只能鼓励不能讽刺的，老师只能说班里谁读的最好，但不能说谁读的不是最好。还有一个老是坐在犄角旮旯的哈萨克斯坦女孩儿，在轮到她读书的时候，必须先告诉她页码，然后再告诉她在第几行，然后她才读，读完就又马上看手机上的游戏了。有一个韩国女孩儿比较奇特，她能在被从深度睡眠中唤醒后非常迅速地高调地大声地接着别人刚落下的语言一字不漏地朗读下去，然后再接着昏睡。不过，有时候学生读得太好了，本人这个做教师的就挂不住了——一个女生能把课文读得像中文电视播音员似的，听后我先惊愕——这是不是学院派来监听课的？课间小心问，她有些不好意思，坦白说自己是“华裔”，出生在葡萄牙。我赶紧问她会不会说葡语，因为我能听懂，她说当然，于是她流利地说了几句，而我却听不懂。牛吹大了！周一上课时本人和一群讲俄语的学生时不时用俄语“窃窃私语”——我把他们不懂的用俄语粗略解释，班上时不时引起俄式哄笑，过后又有些愧疚——光自己嗨（high），忘了那些韩国、泰国的学生们了。

总之，教书是一门实践艺术，教外国学生读中文的书，更是一种特别的艺术和无形的“语言派对”。有来自各国学生的氛围本身就是一个大的语言实践场子，是“世界语言大排档”，排档场子中各种语言血肉横飞，精彩纷呈地冲击碰撞，本人这个“田野语言学者”乐在其中，进行着每时每刻的自娱自乐和无穷的受用。

（2015 年 12 月 4 日）

牡丹峰乐团的意外离京和我班上的朝鲜女生

明天就是他们班的最后一课，我原打算作为“好消息”把关于朝鲜“牡丹峰”和“功勋”国家合唱团在京“演出成功”的报道送给我班上的那个朝鲜女生小崔的，并且演出几天前的几篇报道都收集好了，昨天一早，却得到了一个意外的消息——他们突然没演就走了。

为了帮助学生们提高阅读水准，尤其是关于经贸时事的，我每周都把报纸上一些有关国家的报道收集起来，然后在课上分发给他们，比如《环球时报》上每月一次的“俄罗斯专刊”，我送给俄国学生；再比如德国总理默克尔访华的报道，我送给那个德国学生，关于德国“大众”汽车造假丑闻在全世界发酵的，我也收集了许多，本想送给他，但还是没送：那个学生平日上课就戴着个瘆人的深灰色德国制口罩，神经挺纤细的，我怕“大众”的事会刺激到他；当“习大大”夫妇访英的时候，由于报道铺天盖地，我收集的中英新闻有几十页之多，第一次上课那个英国学生缺勤，害得本教师又将一大摞报纸拎回家，下次课再拎过去，这次他来了，我也终于把那摞报纸送出手并如释重负；还有韩国的消息，我也常送他们，比如中韩自贸协定最终通过韩国国会批准并正式生效的，但报上韩国的新闻太多了，班上一些韩国生的素质也是个问题（当然也有特别认真的好学生），因此我送报的兴致有时不高；关于日本的报道倒是每日都有，而且几乎全是“抗日”的，我屡次想送些给班上那两个日本学生，但犹豫着没送，我只是时常谆谆告诫她们：想地道地学好中文和了解中国人民的感情，一定要天天认真仔细收看中国的CCTV！

小崔是三年级上半年学生中唯一的一个朝鲜女孩，由于她不和班上的韩国学生说话，同她搭讪的其他国家学生也不多，于是她就经常坐在第一排面对着老师我。和她的国家在国际上一样，教室中她也是孤立的；她的国家勉强能搭上话的只有“老大哥”中国，在班上呢，似乎只有中国人——班上的本教师能成为她唯一的交流者。我注意到有一次班上一个韩国女生因为不知什么缘由而不得不同小崔说了一句话，但她们说的不是韩（朝）语，而是中文。只要报上有关于朝鲜的报道，我就攒下来送给小崔，比如关于朝鲜阅兵的，关于中朝共建项目的；再有一个，就是关于她们国家的一个“大元帅”去世的。小崔说“元帅”在朝鲜语中的发音也和中文的发音差不多。多年前，我曾在北语拜过一位老师——朝鲜来的老张学习朝语，他也是公派留学生，是学工的。我注意那时候他们那个班的朝鲜学生每到下午就喜欢从事一种体育项目——打排球，而且打得非常认真执着。我和小崔说起这件事，她说他们现在的朝鲜学生也还常打排球。金正恩对外宣称朝鲜也有氢弹了。《凤凰卫视》说朝鲜现在大约有两千名研制原子弹、氢弹的高素质工程师，难说老张是不是其中的一分子。

美国的小布什曾经把伊朗、朝鲜等几个国家认定为“邪恶轴心国”，我班上有一个平时总是笑眯眯的伊朗男生，另外一个来自“邪恶国家”的就是朝鲜的小崔同学了。哪个国家邪恶哪个国家不邪恶真说不清，因为很多国家认为美国最邪恶，有时候有的国家原本好好的，突然就变得十分邪恶了。国与国之关系、人与人之关系也差不多，有时候特别的好，有时候突然一下子就坏得不得了，这就跟两条船和船上站的人一样，两条船走得太近乎了，难免就会摩擦相撞。那么，个人与个人之间的友谊友情呢？是随着船的方向变，还是旧情不改？这个，似乎真没有最好的答案。前些日子，一位 20 世纪 80 年代我在日本三菱商事总部公派实习时认识的连我都记不太清的老同事小山先生来北京出差，说非要跟我这个当时在公司中唯一的一位来自中国的“小齐先生”见一面。应约我到恒基中心的三菱北京公司去，大家叙了一个小时的旧。小山说他也马上就要退休，伤感地说当初我们在东京共事的时候中日关系还那么好，可惜现在大家都老了快退休了，两国关系却不好了。小山说还能从眼前齐老师的微笑模样中回想起他三十年前的旧模样。我也是，在他笑着的时候，往事也被清晰地回放了出来。

（2015 年 12 月 14 日）

整一年过后
——这次结课时的感觉不同

周日我快马加鞭匆忙地从合肥乘高铁回京，赶着上周一上午的课。去合肥是和一位逝去的长者永别，而上这次课，是同教了长达一年之久的这拨儿学生告别——这是考试前的“结课”。“结课”的感觉，恐怕只有当过“在场教师”的人才能真正体会：教一个学期，你就是站了小半年；教两个学期，你就是站了小一年。在长达“一纪”（12 年）的“教学生涯”中，被本人结过课的班级和学生有无数个，国内的有，国外的也有，但从前的每门课都是一个学期，整年教两个班的同一拨儿学生，这还是头一次。啥概念？就是从今年的春节刚过——他们还穿着厚衣服的时候，你就在他们前面站着，一直站到盛夏的短衣短裤，接着，你又把秋天的落叶给站来了，然后呢，再接着站，一直站到他们又一次穿上厚厚的衣服，你还是你——一个教师，他们还是他们——一群学生，你们大眼瞪着小眼，竟然一同地就把公元 2015 年这个年头的三百多个日子给脸对脸整光了，你和他们在唠叨和被唠叨中都一同长了一岁。你变得更老了，他们变得更像成年人。

最后的那一课，大家都有些嗨，老师嗨和显得异常幽默是因为第二天早晨他就能高枕无忧，就能睡个好觉了；学生们嗨，恐怕是明年他们再不用与一个“五旬老汉”面对面了。本教师乘兴细讲了这个“旬”（十年）字，我说中国人只有到了人老之后，才开始使用这个“旬”，比如说本人“五旬”，你们的爷爷奶奶——总该有“七八旬”了吧，“九旬”通常不说，“十旬”是没有的，只能说“百岁”。

最后的一课无疑是快乐的：那几个俄罗斯女孩儿用俄语唱成了一团儿；那个伊拉克的、中文名字中有个“丹”字的粗壮男生和身旁的总带着口罩上课的德国学生忘却了种族和宗教的不同聊得甚欢；几个印尼华侨学生笑翻了；一个匈牙利男孩儿和一个土库曼斯坦的女孩儿从头聊到尾，也不在乎本教师的一再旁敲侧击的警告：“你们再这么说下去，期末考试时两个人加起来才能得一百！”“匈奴人的后代”乐着回道：“哈哈，我得 60 分，她得 40 分！”

结课的时候终于到了，学生们有些激动，似乎意识到 party is over（派对结束了），有人忽然说一定要和老师合影，我说下月考试那天再合影吧。那个长着一副亚洲女孩儿相貌的被几个老师公认为优秀生的俄国学生“太阳”追着我问四年级是否还有我的商务阅读或是什么别的课，我说：“我现在也不知道呀！”

（2015 年 12 月 23 日）

人民币“入篮”后，
我告诉学生他们的人生梦想应该是什么

当人民币被IMF纳入SDR（特别提款权）的那个令本人十分激动的消息传出来后——那天我半夜爬起来确认这个消息，第二天，我就在课上印发了“号外”。我先在黑板上画上了一个十分不像样子的篮子，在“篮子”里先画上美元的符号、欧元的符号、英镑的符号、日元的符号，再在篮子的边缘上画上一个就快要掉进去的人民币的符号，然后，我解释那个“纳”字是什么意思，问为什么这个basket（篮子）中的货币种类这么的少，为什么人民币“扑通”一下子，就落进去了，等等。

作为一个经济院校的本科生，我头一次知道SDR和“篮子”这码事是在距今30多年前、20世纪80年代初经贸大学的一堂与金融有关的课上。一个教授用十分形象的方式说着U.S.$（美元）等强势货币的那些事——当时还没有欧元呢，那个教授有些垂涎的神情和极其羡慕的语调至今还能清楚地在我脑中复原，那时候的他（老师）和我们（听课的学

生）都无不坚定地认为，那个象征着成功和强势的神秘的"篮子"——甭管是用它来买菜还是用它来装水果，都和中国、和中国人、和中国的货币——人民币，至少在我等的有生之年里没有一毛钱人民币的关系，而那时候的中国经济就是那副惨象。

仅三十年过后的今年，这么的快，鬼使神差地，中国经济以及作为其标记符号的"人民币"竟然在2015年接近岁末的某一天，从穷丫鬟变成了大小姐薛宝钗，从下里巴人变成了阔少样的新贵，自篮子遥远的外围"扑通"下落入了那篮筐子的正中央。你说，这对于一个三十年前初学贸易经济的俺老齐来说，能不是一个心情激动的时刻，能不把它作为一个热点话题在课上向五大洲来的弟子们炫耀宣讲吗？

齐老师在学生们的热情被充分调动起来逐渐达到最高值的时刻，略微恶作剧地、哪壶不开专提哪壶地问那些从朝鲜、中亚、两伊和俄罗斯的学生们："作为学习经贸专业的大学生，这下知道你们的人生目标和理想应该是什么了吧——就是你们活到老师这般年纪的时候，在三十年之后，也把你们国家的货币——什么卢布呀之类的，放进黑板上的那个篮子里去！"学生们听后先想了一下，然后都把头摇得像拨浪鼓似的，说："老师，那不可能呀！""咋不可能？老师当年在你们这个年龄听经济课时也觉得不可能，可昨天一早，我们的人民币不就'嗵'地一下掉进那个篮子里，成为国际通用货币了么？”听后学生们无精打采半信半疑地说：“也——是——呀。”

（2015年12月28日）

世界的眼光　人类的情怀　中国的立场

2014、2015两个学年的课程马上就要敲响结束的钟声了，两年里我分别上了对内（国内学生）和对外（外国学生）的两类课：对内企业经理人培训课的授课对象分别是国企“中石油”和“京东方”；对外的留学生课有三年级上、下学期的“国际贸易实务”和“商务阅读”。如何将这些看似不相关联的课程用一个具有共性的观念“打包”，将它们“捆绑”起来反思和总结呢？我想到了这样一个由三个词组组成的“标语”：“世界眼光、人类情怀、中国立场”。这三个词组（或许并不完全精确）是我前些年在北京国际广播电台大楼的大厅里看到的，据说是该台的一位台长“发明”的。该台还有一个口号：“向世界介绍中国，向中国介绍世界。”我也想借来装潢自己的课堂门面——这些年我不一直在做这件事吗？

在给“京东方”上最后一次课的时候，我将“世界眼光（全球视野）、人类情怀（关怀、胸怀）以及中国立场”写在黑板上，我说要想走出中国，要想在全球做生意，要想化解走向国际时所遇到的文化差异和冲突，同学们的目光必须达到全方位的360°，你们要有全球化的视野（vision）。然而，光有一个相控雷达般的视野和辨析度还不行，你们面对非本国、非本民族的文化时还要时刻记住，他们和我们都是human being，都是同样的一种动物，都具有几乎是一模一样的七情六欲和思维方式，所以，千万不要将任何种族和任何国家的人当成另类异类，你们要试图了解他们、理解他们、学习他们，但同时要注意，在这些学习、了解、理解加深之后，同学们千万不要被人家彻彻底底地同化掉，不能在日本呆长了姓“左”的人就从“左”氏变成了“佐佐木”氏，也不能学习美国人学多了就从“阿张”变成了Peter·张，就变得没有本民族本国立场了——那还不如不学！因此，在“全球视野、人类胸怀”的二层楼下面，还要再打下一个地基，还要再加上一个底座，再安放一块压舱石，那就是“中国立场”。当然，这是个通用的公式，不只是适合中国人，也适合其他国家的国民，在前两点通用的前提下，例如，经贸系的韩国的同学就应该有“韩国立场”，英国同学就应该有“英国立场”……至于日本同学么，由于该国政客常犯立场性错误，我看就不要有什么“日本立场”啦，只需要在“人类共同道德情怀”和“全球范围善意眼光”两方面多下功夫就足矣。

（2015年12月29日）

我曾让中石油的同学用英文写检查

虽然是已经进入了公元2016年，但雾霾还是没有好转。清晨（哦，已经没有“清”晨了！），窗外的空气像一团稠糊的浆子，由此，我不由地追究那些制造它们（霾）的人和事以及机构。哦，回想起了，在留学生的课上，起先齐老师我将“霾”字左下角写成“犭”了，发现后，我马上机智地替自己解围，说：“我是第一次在黑板上亲手写这个‘霾’，因此有些生疏，不过，老师小的时候从来不用写这个字，因为那时候北京从来就没有霾！”

进而我想到了那些制造雾霾的机构，据说两大石油天然气公司“两桶油”——中石化和中石油生产的汽油标准比发达国家的低——当然这只是传说，使得空气中含有大量的汽车“未消化好”的杂质和含有有毒化学成分的恶气，于是霾就加重了。霾在我们的周围浮动使市民们心浮起来，就跑到海南像买白菜一样地买房，甚至还想从加拿大进口班芙（Banff）山区的新鲜空气。班芙我去过一次，那里森林中的空气的确是香香的，而不是像我国华北地区的空气，老是臭臭的。

眼下这世界上有三件几乎“没治了”的事情：第一是美国的枪支——美国人似乎永远控不了枪；第二是欧洲的难民——欧洲人从此以后的好一阵子时间里好像都要“与难民共舞”；再有就是中国华北地区的雾霾，没治的原因有那么多种，主要是人之思想、人对生命的珍视度，这些，于刚刚“暴富起来”的吾国吾民来说，似乎还远不是最重要的，因此我们能走的似乎只有一条路——逃离，但地球上这么多人，大家往哪儿逃呢？火星上也有雾霾吗？

说到2014年给中石油年轻经理上的那两个月的“企业文化”培训课，还有一小团不该被遗漏的“花絮”：第二次课时就有若干人缺勤，于是“齐老师”就急了愤怒了，就有些“失态”了。我说假如你们是北语的本科生、研究生，你们想到外面去实习或者你们想不用上课就能通过考试，本教师并不会为难你们——这种事常常发生在本教师身上，期末考试时猛然多出几十个陌生面孔的情况也不是没有过的，但是，同学们呀，同志们啊，你们可不一样，你们是国企的公职人员，你们是在“上班”，而不是在“上学”——尽管你们是来“受训”的；你们是在拿着国家发给的工资来上课的，假如“上学”的话，是你们交学费，老师是服务生，但是，“上班”时你们是在挣着工钱，那么你们不来的话，不算是“旷工”么！我讲课讲得不好的话，你们在教室里可以放心大睡，但是，你们无权不来！什么？太不通情理？此时的齐老师并不代表大学，我只代表我自己、代表一个中国的公民、一个纳税人，因此，我当然有权利监督自己发工资的“公仆”了！尽管我没给学生们的缺勤往“变相腐败”和浪费纳税人的公共资源上扯，但用我的坚定态度向培训生们宣告：“不许旷课！旷课的话，后果很严重！”我还宣布对那些以各种理由缺勤的学生们的处罚措施：让他们用英语写一份缺勤说明报告，不过假如写得好的话，也能得高分。

在一阵子慷慨陈词之后，齐老师问同学们：“大家说，这种有的放矢就事论事的教授‘企业文化’的法子，还可以吗？”

过后几个缺勤的学生果然用英文写了“检查”，写得好的我也给了高分。又过了几天，一个学生十分难为情地低着头请假，说下节课的确有急事，能不能不来一堂课？我随口说当然没问题！他脸上一大阵子惊讶和惊喜，惴惴地离开了教室。

（2016 年 1 月 2 日）

死抱着期末考卷，我到大剧院听《悲怆》

昨天，在接连两场的期末监考之后，我打车径直到国家大剧院听祖宾·梅塔和以色列爱乐乐团合作的老柴（柴可夫斯基）的《悲怆》。开始是企图先把两包卷子送回家后再去大剧院的，但堵车实在来不及了，又因为是那么著名的梅塔——和帕瓦罗蒂等“三高”（三大男高音）同台的梅塔，于是，就半途做了一个十分“危险”的决策——带着卷子直奔剧院。学生的试卷是万万不能丢失的，那如同什么？没敢想。因此，我将卷子的包裹像绑炸药包似的绑好，恨不能将之捆在身上。车子一路奔驰，到剧院，过安检，我仿佛是看守着一个易碎的“瓷娃娃”以及易爆的热水瓶，念叨着：千万莫失、千万莫碎呀！

昨天下午开考前，见不少学生提前一个小时就到考场了，我愕然，问因何？有说：“想你呀！”有说：“老师我太紧张，咋办？”我先在黑板上写上（其实那块黑板是白色的，需用黑色的笔写）“祝考试快乐！”等学生们哄笑了一阵子，见人也到齐了，我又将“快乐”二字抹去，改写成了“顺利”——

考试嘛，能快乐吗？本人在大约十年前曾给国内学生上过一个学期的"趣味语言学"课，至今那拨儿学生的音容笑貌还在眼前晃悠，但今天的考试一完结，这拨儿带了整整一年的国际学生也要说拜拜了。此系人生也！

考前检查学生们的周边还有无残留的可用于作案（作弊）的工具，比如手机呀、耳塞呀之类的，我让那个叫"太阳"的俄罗斯女孩把头上的毛帽子（"太阳帽"？）也摘掉——这当然是半开玩笑，她不情愿却摘了。另一个非洲女孩却怒视着我："为什么摘帽子！"我忙说："哦，不摘也行呀！"

考完后，我好奇地问那个平日总是一脸笑意的伊朗学生为什么这两天伊朗和沙特"打"起来了，成了国际头条新闻。他回答时仍旧笑眯眯："老师，我也真不知道为什么，呵呵。"我对那个"英国绅士"学生说你的作文写得真好。他先一怔："老师，是吗？我得了多少分？""分数并不重要，重要的写得真实。"

梅塔可能是非常超龄了，或许是因为有众多"池座"中的听众在《柴六》第三乐章完结后使了吃奶的劲儿鼓掌让他扫兴——那处结尾是用高调终止的，因此会"诱骗"不懂交响乐基本常识（全部的四个乐章结束之后才能鼓掌）的人在该处使劲地用错误的掌声证明自己听得陡然地嗨了，以上这些，应该是导致梅塔发挥得并不如我想象的那般的"大牛"的原因。尤其是在《柴六》的第二乐章，指挥台上的梅塔——

我从高处看的，好像腿脚一下子不灵光了，或是有劲使不出来了，再或是体力不支了，只见他有一搭无一搭地胡乱地“玩弄”着指挥棒，任凭着以色列的乐队在无人操纵的状态下自主地“空转”。但有时他的精神来了，尤其是在圆舞曲处，你发现梅塔毕竟是梅塔，虽然已年迈，但仍那般的风度翩翩，还能让身姿和音乐齐舞。

从高处朝下俯视着这支按说应该最能诠释好《悲怆》主题的、由“苦大仇深”的犹太人组成的乐队，我紧搂着怀中的那两团比贾宝玉脖子上的那块“通灵宝玉”还金贵、还丢不得的两个班学生的期末卷子，忽而想到了曾经和梅塔合作过的、本人也眼见过（也是用望远镜）的帕瓦罗蒂，忽而我的心绪又飞回到了下午本人当“主考”的考场，因此，我不像从前现场听《悲怆》时候那般的悲怆。

哦，忘了，下午临考前，我指着胸前牌子上的“监考证”三个字对学生们说，你们谁认识这三个字，我就先给你们 10 分。遗憾的是，他们竟然一个都没拿到 10 分。看来，下学期本教师和他们都该继续努力。

（2016 年 1 月 6 日）

读写游心得录

对谈录：“千里走单骑”的文学之路

【编者按】“万卷文化论坛”第一期“齐一民千里走单骑的文学之路”于2014年11月19日下午以QQ讨论组对话的方式举行。论坛邀请了知名书评人任玲对话作家齐一民博士（齐天大），部分国内媒体编辑和热心读者参加。由于QQ交流的特性，对话时常常会是多个话题交替进行，但每个话题都会有相应回应。所以，保持原貌，不做调整和修改。小标题为编者所加。

一、从不同语种中寻找灵感

主持人：今天我们有幸邀请作家齐一民博士与书评人任玲老师参加万卷中心新开辟的“万卷文化论坛”，算是第一期吧。对话马上开始，我来开个头，算是抛砖引玉了。著名主持人陈鲁豫曾经表达过对“文字”的敬畏，许多从事“文字”工作的人多多少少也都会对“文字”有某些崇拜，二位是文字工作者，请问你们对“文字”的感受？请齐博士先来。

齐一民：首先，感谢任玲老师为我写的书评！受宠若惊之感。文字好像水一样，是不停地流动的。我们在打字，也如同流水。

任　玲：齐老师过誉了，拜读了您的多本著作，感受比较深的，一是阅历，二是幽默，三就是对文字独特的感悟。

任　玲：理性地讲，文字就是一种交流的工具吧，但对像我们这些生活和工作与文字密不可分的人来说，文字更是一种缘分。

齐一民：阅历没什么，人都50岁了，有阅历是自然的。文字有时候也是挺可怕的东西，如同马匹，你能驾驭它，就是好马。

任　玲：是啊，不过好马也需伯乐，也要优秀的骑手。

齐一民：至于幽默，北京人天然都有一点。我则有些特别，将幽默作为武器。而且写作需要观众和裁判，比如你们搞书评的，就是裁判呀！

任　玲：哈哈，重任在肩，今天能一起交流，也是文字为“桥”，让我有个跟您一起交流探讨的机会。

齐一民：还有，世界上的文字有多种，我则惯常于从不同的文字中寻找表现的灵感。

任　玲：是的，您精通多国语言，也汲取了不少灵感，除了汉语，您觉得哪个语种更有生命力、更富于美感呢？

齐一民：我喜欢民国时期的学者型作家，比如钱锺书、赵元任之类的，但我们这个时代将那个时代的做法丢了。

任　玲：说到钱锺书，就想起《管锥编》和《围城》。宣仲先生也是语言方面的专家学者。

齐一民：精通谈不上，除了下一门准备学习的阿拉伯语外都学过些，我认为，好像是《圣经》中说的，只有通晓所有语言的人才能有望成为具有上帝视觉和胸襟之人。

任　玲：海纳百川，有容乃大。让我不由得想起巴别塔的传说，如果没了语言的隔阂，那么各个国家、各个民族之间的很多误解也就随之消除了。

齐一民：中文是我们最终的目标，但为了把中文的特征显现出来，必须多学习别类的语言。最富于美感的，我还真说不好，好像古汉语吧！当然，这听上去像是笑话，但的确，古汉语，比如《庄子》、苏东坡的语言是最好的，可惜，我们写不出来了。

任　玲：但不同的语言也带来了丰富多彩的文化趣味。使用纯正的文言文写作，似乎已经不太符合我们这个时代人的习惯了。不过那些优美的诗词和韵律，即使现代的大家也仍旧能够欣赏吧。

齐一民：对的，语言绝对是隔阂之一，但即使使用同种语言的人也会打仗。语言会多了，会有一种恐惧感觉，我在“北语”给留学生当老师，我能听得懂他们大多数人在说着什么，这个感觉虽然奇特，但有时有不知所措的幻觉。

任　玲：为什么会不知所措呢？是“众人皆醉我独醒”？

齐一民：我在发明一种“白话古汉语”，虽然写的是白话，但有些余韵，是复调的。

任　玲：听起来是歌一样的语言。是类似“吟咏”的感觉吗？

齐一民：有点像是鲁迅的白话文，他有很深的古汉语的根底，所以写白话时话中有话，是点到为止式的，比如，院子里第一棵树是枣树，第二棵树还是之类的。

任　玲：言今意古，重在“余韵”和“留白”。

二、“千里走单骑”的写作之路

主持人：这一语言模式是不是造就了齐博士在文学写作道路上“千里走单骑”呢？

齐一民：“千里走单骑”一说来自刚刚去世的高仓健，是他的一部片名。我写书也写了20年了，一个人，不和任何人同伙，始终是圈子外的和业余的，当然，也是“单骑”。不久后我的博客文集《雕刻不朽时光》出版时，你就会看到我的“白话古文”文风了。

任　玲：做文字工作的，真的都要有点“千里走单骑”的勇气和恒心，才能守得住寂寞，耐得了清贫。

齐一民：一不小心，走出了五百万字。

任　玲：齐老师《妈妈的舌头》《爸爸的舌头》这两本书我都读了好几遍，觉得您和语言特别有缘分，也特别愿意“悟”。我记得您文章里有个关于“著作等身”的笑谈，要是按那么算，您的文学之路还长着哪！

齐一民：有那么点天赋，我一般把一门语言学到能听懂人说话，也就几个月的时间，比如俄语，非常之难，我至今字母都写不全，但能大致听懂普京在电视上说什么话。我听何老师说您是学西语的。Buenas tardes! 其实会了法语，西语就如同方言，这很自然的。我是对外经贸大学日语系的，自然会学外语。

任　玲：哈哈。Encantada de conocerte. 我只会西班牙语和英语两门外语，所以对齐老师的多语言天分真是非常羡慕，有空也想学一学日语。之前看您的文章，感觉会汉语的人，学日语、韩语和越南语都会比较容易入门。的确，相似的语言之间会触类旁通。

齐一民：你写的翻译过来是“高兴和你相识”！

任　玲：哈哈，是的。

三、“文类作家”定位

齐一民：我在加拿大上班时，办公室都是说西语的。我的小说有许多也是办公室里写的。

任　玲：那您小说的行文节奏会不会在西语的“伴奏”之下，受些影响啊？

齐一民：第一次写小说，是上班时无聊。在蒙特利尔写了四五部小说，都是上班时间写的，就我一个人会写中文，我告诉大家，我是在写亚洲市场21世纪方案。其中一本书，叫《美国总统牌马桶》，已经翻译成英文，大概明年在英国出版，那部小说也有抗日的内容，是多国马桶大战日本“皇天牌”马桶的故事，许多大学的图书馆中都有。

任　玲：好像是您的“马桶三部曲”之一。

齐一民：是的。“美国马桶”是真正的章回小说，非常精彩（自夸），是真正传统的小说。作为“语言业余学者”，我把自己定位为“文类作家”，每一本都是一种文类。比如我已经写过长篇小说了，就不再写了，然后，再写点诗歌，到目前为止，所有的文类我都写过了，也就不遗憾了。

任　玲：“美国马桶”的英文译稿您觉得怎么样，能把原作的这个精彩劲儿表达出来吗？

齐一民：是的，翻译的是个英国人，他也是李洱、安妮宝贝和慕容雪村的英文本译者和出版人。他在香港和伦敦苦熬了一年多，终于翻译出来了，比我的原文还精彩，比如，我在小说中的人名、地名都和排泄有关，管外国人叫“夜壶斯顿”之类的，他将之用英国式的马桶名词翻译，相映成趣。我计划在60岁前后出一个20多部书的文集，文集能显示“全文类”的野心。

任　玲：我读齐老师的书，总觉得您有时候有点“贪玩”，游戏文字，常常不忘出乎意料地幽他一默，在海外这种带点讽刺的幽默风格，应该是很受欢迎的。那想必会非常壮观，之前好像还没有哪个作家出过类似的“全文类”文集。

齐一民：是的，幽默在国人这边的概念稍微和国外——至少在北美是不太一样的，所以我的幽默不见得别人就喜欢。我最自负的小说是《电梯工余力》，你在网上能找到，也在海外销售，也是那个英国朋友翻译的。我认为那本是我再也超不过的中篇小说，一旦我超不过了，就不再写中篇小说了。

任　玲：这也是一种文人的骄傲吧。

四、写作如同飚戏

主持人：我听说这本书在海外有出版，能说说这本书在海外的出版情况吗？为什么一个在海外被认可的作家，在国内没有应有的知名度？

齐一民：知名度于我并不太重要，重要的是我喜欢读别人的书，也希望别人喜欢我写的。如同飚戏，写书的也能飚，我一般都先看别人的书，觉得喜欢时，就自己也写一本，而且要有所不同，最好是超越一下。把一个飚下去了，就再飚别人的。可能我的笔名“齐天大”也是认知的障碍之一，在网上搜"齐天大"，出来的都是"齐天大圣"，我这个假"齐天大圣"法力没有真的高，很难显现出来。这可能也是影响我知名度的一个原因吧。

任　玲：对知名度这个问题，我倒觉得没必要太在意，作品出来了，在这里摆着，无论成败是非，就像齐老师说的，是个超越的纪念而已。我发现您写的小说也好，杂文也好，都特别接地气。

齐一民：我所有的创作，都是跟着语言走的，一种文类就是一种语言体系，也是一种捕捉世界的网，什么网能捞什么鱼，网没了也就是一种文类写熟练了，我就再去编织另外一种新的网，那种灵感或许在另外一种语言中才有。

任　玲：所以，也许您学会阿拉伯语之后，还会继续学新的语言啰？

齐一民：对，就是这本书（英文版《电梯工余力》），2009年出版，为此，我去澳门参加第一届文学节目，大陆的还有苏童。当然，苏老师是明星，咱们是票友。阿语之后，也就差不多了。因为大语种都找到感觉了。《圣经》好像说人类以前只说一种话，是后来特意分离开的。世界上什么话都大致能听听，这种"人体试验工程"做过的，人世间没有几个，我找到那种感觉后，再写一本书吧。或许，只有在珠峰之上俯瞰地球，才是没死角的世界吧。我的"哲学著作"是《我与母老虎的对话》，书中将动物和人类平视，也算是我发明的一种哲学吧。

任　玲：我记得之前有个波兰的语言学家，搞过一个世界语，可能初衷和齐老师差不多。也就是说这里的母老虎，是真正意义上的猫科动物啦，您这本书的书名还挺容易有歧义的。

齐一民：他（柴门霍夫）也是个理想主义者，但世界语太简单了。我在语言大学听过一次讲座，讲座过后那个教授说了一段三分钟的话，让我当场翻译出来了，没啥意思。

任　玲：简单不是很便于交流嘛，这又回归到语言存在的根本意义上来了。

主持人：哈哈，看来今天的谈话离不开语言了，这也难怪，大家都是学语言的。

齐一民：对的，所以“齐天大幽默”有些超物种的味道。庄子超越生死，我超物种。但那种语言（世界语）是基于罗马拉丁文的，要会拉丁语言才容易。

任　玲：对，所以您这些著作的顺序，其实也就是您在语言这个领域的探索吧。你看，第一部《妈妈的舌头》就是学习，拓宽认知。

齐一民：对，海德格尔说“语言是存在之家”，一般人有一两个家，我有七八个家，写出的东西就很怪了。

任　玲：《爸爸的舌头》就回归到对艺术的感悟和对内在的思索。

论坛助理：《爸爸的舌头：天大谈艺录》，齐天大著，中国原子能出版社2014年7月第一版。

任　玲：此心安处是吾乡嘛，您在《爸爸的舌头》里面就有很多哲学思辨的东西了，精神和艺术上的探索，就像主持人说的，离不开语言，但是也超越了语言。

齐一民：《爸爸的舌头》是十年前写的，当时写了什么都忘了，现在读读，还是很有味道的。我的初衷是把“语言、文学、哲学”给合为一体，好像是做到了。而且，你在书中能读出我说的“现代古文”的味道，文字好像中国的山水画，虚虚实实，朦朦胧胧，字后面还有余韵，每读一遍感觉都不同的。

任　玲：嗯，齐老师是从那时候就开始探索这种白话古汉语了吧？

齐一民：应该是不自觉中产生的吧，我中学时候就喜欢宋词，虽然大学读的不是文学，但一直喜欢，我总觉得文言是不可再生的，所以读外语反而想替中文复古，是个身在外面的曹营其实心还在“汉”的路数，当然，这几乎是不可能的了。

五、时代的记忆和大写的“人道”

主持人：齐博士写了500万字，你这500万字最想表达的是什么？或者说这些文字的主题是什么？任玲老师你认为呢？

齐一民：你看我的《四十而大惑》就知道了。我认为一般人要读懂“齐氏幽默”，非要读过我写的200万字的东西，所以我一定要写至少400万字，现在不幸地超过了，所以，我就该退休了。

任　玲：在我这个局外人来看，齐老师这500万字总结起来，大约是两个方面：对艺术和美的追求，和对自我的完善。一个是外向的，一个是内向的。无论是幽默、是复古、是旁征博引还是海纳百川，都是齐老师以先天带来的灵性天赋和后天的阅历、知识，贯彻自己的“求道”之旅。当然每个人有每个人的道，但是齐老师独特的想法和见解，值得包括我在内的所有人从他的作品中汲取属于自己的营养。所以即使已经达成了退休目标，还是期待齐老师的其他作品，您可不能就此撂挑子啊。

齐一民：也是也不是。你说的“接地气”倒是真的。我从事过多种行业，每换一次行业都要从头做起，因此，我不像别人那样在一个行业上走十年就不再接地气、就再不用和平民打交道了。我的书中有大量写百姓生活的，其中有老舍小说的味道，比如《我爱北京公交车——公交车里趣事多》《可怜天下CEO》都是说老百姓和商业生活上的事情。《我爱北京公交车》就是想超过《骆驼祥子》的，明年我会再版。

任　玲：最好的艺术都离不开最平凡的生活，受教了。

齐一民：我深受托尔斯泰和雨果的影响，其实，写书的最终目的还是用自己的笔记录世界上的事情，我最终追求的是“大人道主义”、大写的“人道”。

任　玲：您说的有点“以文为史”的意思啊。

齐一民：没错。你没发现余秋雨老师们写着写着，就写飘了吗？原因可能是受了张爱玲的“出名要早”的害。

任　玲：现在从事文字的，又有谁不受这句话的影响呢？大家都急着想要早早出名啦。

齐一民：每代人都希望留给这个世界他们时代的印记，我们算是“60后”，一定要留下点这个年代人的印记吧！呵呵。

任　玲：时代的印记都留在您的书里啦，很多东西是我们这一代不太关注的。

齐一民：我即将出版的《雕刻不朽时光》现在正在北京燕山出版社加工，是一部古今文人可遇不可求的“大书”（巨著），有一百多万字。我的野心是超普鲁斯特的《追忆似水年华》。

任　玲：已经随着时间留在记忆里了。哦？这本书也是意识流文学吗？“追忆”号称“风流喜剧”，我很喜欢它故事套故事的第一人称叙述方式，您这本书也会用第一人称的写法吗？

齐一民：还有，我的书的出版都是自费的。

任　玲：让我想到“追忆”这本书一开始的遭遇。不过酒香不怕巷子深。

齐一民：都是我 2006—2011 年的博客，由总共 700 多篇随笔组成，每一本书写一年的事情，最终合成一部巨型长篇小说，副标题是《中国大事记》。它忠实记录了五年里中国和世界发生的大事情，比如汶川地震和奥运会。我是把“时代”当一个主人公写，力求记录下我们这个激情燃烧的变化的大时代，您可看看我的博客：www.qitianda.blog.sohu.com 。

任　玲：好的，我一定拜读。您这本书如果给几十年后的人看，应该就是看一段历史的感觉了。

齐一民：是的，每一代人都有记录自己时代的义务，有些文字留下来就留下了，不写，过后就找不到那个时代的手感了。因此，我们都是自己时代前进的“随军记者”。

任　玲：没错，即使时光匆匆而去，我们笔下的东西永远都在。

主持人：时间差不多了。谢谢齐博士和任玲老师的精彩对话。今天的对话很有意义。谢谢媒体朋友！谢谢热心围观者！

任　玲：谢谢主持人！也谢谢齐老师！今天受益良多。

齐一民：谢谢任玲老师！只有在好的裁判和观众的注目

下，运动员才能超水平发挥！

【任玲简介】

任玲，80后自由撰稿人，知名书评人，天蝎座。应约为多家报社、网站写稿。文章视角新颖、独特，具有多元文化和理念的包容性；文笔生动，富有感染力，登载后往往得到很多读者的推许。

（2014年12月2日）

“知”取威虎山

“知”和“智”据说在远古是通假字——我是从电视上学习来的，否则难免被人诟病成卖弄假学问；电视上还说只要有“知识”，人也就“智慧”了。

威虎山既能用“智”取，也能用“知”取得。

下午在前门大栅栏的“大观楼”看了场本年度的大片《智取威虎山》，由此，我想到“知取”的这种说法。本人其实并不是抱着看这个电影的目的去的前门，但看看这个电影的心思确实是前两天就有过的——在听说姜文的《一步之遥》“极其看不得”之后。

电影散了，除了一脑门的枪炮声和喊杀声外，真的就没有什么了。报纸上在评论徐克这部片子时曾提醒说，那个杨子荣和从前的杨子荣不同，因为他始终就不像“八路”，从出场那一刻起就是个“真土匪”——其实我就是冲着这个去的。果不其然，“谷子地”（张涵予）演的这个杨子荣的下巴被一团黑黑的毛（胡子）包裹着，整个一个“狼孩儿”的坏形象，于是，我就顺着这个问题的引线往深处瞎琢磨起来了：现在的电影和电视里找坏人容易，可你想找一个“真八路”——骨子里你佩服的好人，可真是件费劲的事情。换一种说法，从前的电影里的“八路”装土匪，你还能从他们的气质中认得出他们那是装的，眼下的呢，即使是演“真八路”的，你无论怎么看也怎么都不太像好人了。我其实并不是特想说，咱们已经进入了一个好人坏人的角色可以被在指尖上（遥控上）瞬时转换的时代，但看完2015年版的这个——既能用手枪狠打老虎，又能用火箭筒猛轰威虎厅，最后还会像007特工那样在从悬岩上下坠的战斗机上与土匪头子座山雕玩命搏斗的——“超现代的杨子荣”让人老眼几乎要更昏花了的精彩表演之后，你原本就已经错乱了许多的好人和坏人、英雄和狗熊（杨子荣好像身披的是一身漆黑熊皮）的概念，就更加一塌糊涂起来。

（2015年1月5日）

儒雅渊博的体育贵族
——记与何振梁先生的路遇

有些人，你再想见再也见不着了，就比如何振梁，今天是他的追悼会日。我多年前——记得是2008年北京奥运会之后，在天坛法华寺南里小区我家边上的马路上，与他迎面对走了一次：那是个盛夏，树荫下他低着头独走着，我看见了他，他不知看没看见我，但好歹，他看不看我并不重要，重要的我见到了他，由此，写这篇小文章纪念。

何振梁了不起，头些日央视体育频道报道他去世的那天仔细看的，我才知道他那么伟大。他无疑是从殖民地时期到大革命时期再到“后现代”时期都活过、活得有滋有味、活得极其积极璀璨的“跨历史人物”，这一点，从他那口上海法国人教会中学学来的地道的法文、震旦大学学来的稍带无锡口音的英文，就能表露出来，而全中国像他这个年纪、能那般地在口中自如地“衔着”这两种奥运会官方语言的“过来人”，恐怕不多，何况何老先生的相貌也是那般地周正，因此，他必然就成了全球中国人在奥运的代言人。正因为有了何振梁的让人无法拒绝的介绍，那场“运动”才有了华人，而且瞬时变成了“主角儿”。

本人一惯对长本人岁数的人都万分地敬畏，不是真怕他们的哪点“厉害”，而是不敢正视他们背后倚着的那根“年轮大树”。那棵树，并不是我们能用后天的小聪明和努力撼动的，尤其是对刚刚去世的何振梁，以及去世不久的歌唱家“喜儿”王昆——20 世纪 80 年代在东京的国际音乐节上我也与其见过一次面，而且握过手。他们，都是那棵“年代之树”的整一圈“树轮”的代表者。

人死之事，天天都在发生，如同日月的阴晴圆缺，但圆了也好，缺了也罢，我感叹的，是那些用理智而不是感性分析解析之后，我认为再也不能再造之人，远的比如鲁迅，近的我想了一想，或许或者可能——也就是何振梁先生这类“天人”了。

本人之行踪迟早还要在今年的夏日，再现于法华寺小区那条国家体育总局宿舍的林荫小路之上，这，我好歹是能够保证的；我还能保证的，就是，我再也不会在那同一条小路上路遇那位正在低着头走着、偶然抬眼瞟一眼对面过来的路人的独自回家吃晚饭的何振梁老先生了。

（2015 年 1 月 10 日，写于何先生出殡之日晚上）

关于读书致北大张辉老师的信（二通）

（一）

张老师好！

今天在《读书》杂志上读到张老师的文章《尼采的面具》，非常高兴，特来祝贺！

我是《读书》的忠实读者。这一期面世晚了，这个星期才在报亭里看到。本期的文章风格稍有变化，前一部分政经类枯燥文章数量减少了。篇篇文章都很有情致，其中您的大作是本期最高水平的。

和周国平先生的尼采文章不同——他的文章有些“假正经”，太说教而无情趣，使得尼采的原本味道大打折扣——张老师的文章结坚实的学术功底和诗人般的性情情趣为一体，全篇行云流水，文散而神不散，语言出奇制胜，字字有出处，如同一张收放自如的大网，将全文的核心——孰是查拉图斯特拉——的大鱼，死死地扣在网中。

真希望有幸多读张老师写尼采的文章，因为尼采在您的文章中复活了。

再次恭喜！

学生一民谨上

（二）

张老师好！

您的三篇大作都拜读了，非常享受。以下是一些随感，随心写来：

（1）海豚社的书我买过几本，开始时感觉不错，但最近出的一些有些把握不住尺度了，尤其是有一本书中用了许多“某同志”的称呼。但总的来说挺合我的口味的，其中有一本孙郁的书不错，好像是《写作的叛徒》。

（2）您写的《小题记》非常有趣味。我自己的生活绝大部分都用作读书了，尤其是北大的学习结束后，就更加随性。我自己的“题记”方法是在每次买的书的第二页空白上写下购书前后几天的“生活故事”，比如“上午某某同学来访，女儿今天回归”之类的，三行两行，这样过些年后，只要翻到这些和购书的日期，就能追忆起那几天的事情。由于我每星期都买书，所有几千本下来，书的第二页就成了克服遗忘症的“药方”了。

（3）《小题记》这篇文章和其他两篇短文不同，里面显出张老师行文时的意趣和好像水流动的激情，这和《读书》中“尼采”那篇颇像。张老师的文章我读着的感觉有些像“火焰冰激凌”——在文雅精密和文字的“甜意”下面藏着火一样的冲动和狂野——不知比喻得合适不，但这正是一般传统学人文章中难得一见的。如果将钱锺书的小品文形容成“小提琴”的话，张老师的文章就好比“大提琴”，在委婉中有宏浑，而且极其有趣。“有趣”其实是很难得的。海豚社的书我找了许久，也有一些书话，但有趣的文章极少。金城出版社近年也出版了许多书话类书籍，却也是死板平庸的居多。

（4）关于尼采，我昨日想了想“经典人物作品”和“经典代言人”之间的关系，后者比如钱理群老师代言鲁迅、周国平代言尼采——在普通的公众眼中，恰恰是“代言人”的某方面的缺陷和知名度的不可攀附毁掉了被他们代言的真正经典大师——就比如周国平先生的“尼采代位”吧。周氏的文章中缺少的是尼采的情趣和野性，结果，虽然本意是继承和推广尼采，由于他的文本常被误读为“简易尼采”，反将尼采鸡汤化了，这最终的结果是人们越推崇周国平，离尼采的真谛就越远，就变成配角和模仿的戏子与“真正的主子”抢戏了，因此，尼采最终被周氏所遮蔽甚至“谋杀”掉了。其实，钱理群老师也是如此，当人们都热读钱理群时，鲁迅就很容易被遮蔽掉，也就变相地“死”了——因为人的性情不尽相同，尽管钱老师能学到鲁迅的批判性和犀利，然学不会鲁迅的机智和野性，以及情趣。

（5）您呼吁“读一部完整的书”，“一本书”能碰到不容易，更是一种缘分，因为书那么多，好比路上走的那么多人，真正值得仔细玩味琢磨甚至回头看的也只是少数。读书人在书堆中没事乱翻的，其实就是那么一本值得从头读到尾的书。现在人读书好比到自助餐厅吃饭，每样都想尝尝，随意一顿饭下来，只是饱了，却记不住哪道菜的真味。读一本好书就好比是到一个最高级的餐馆点一道最贵的菜，哪怕量不大，也得一口口吃光甚至连盘子都舔了，然后回家的道上慢慢回味。我去年最喜欢的“那一本书”是张新颖的《沈从文的后半生》，一字不落地读了，也感动了。但是，下一本书在哪里呢？

（6）关于读书的“虚心”，我的心得也是好书可遇而不可求。我自己的方法是想办法和那些没想到的书“邂逅”，在无预知中发现新奇。但有时候我的烦恼是，读书真难以做到完全没有先见和完全无准备的童心样的无心，而且书读得越多，越觉得自己是在做着于他人毫无意义的事情——因为你看的书太多了，“新奇”是由于你有着那许多阅读的前期铺垫，这于没有那种铺垫的其他路人，其实是没什么意思的。因此读书于我，有时也是一种恐惧，老怀疑自己得了某种什么样的绝症，是没事偏找事情做，有时甚至都感到读书和吸毒都没什么两样了。

胡乱写了这些，让张老师笑话了。不过，我现在真是百分之百的“非功利阅读”，虽然只是喜好，但着实还从来没有厌倦。

盼望张老师在百忙中再多写一些您特有的“大提琴”样的文章，以解天下如我这样喜好奇文之人的干渴。

祝好！

一民上

（2015年2月14日）

读了两本编辑写的书

读着两本编辑写的书，一本刚刚读完，是合肥人氏钱红丽的《低眉》（海豚出版社），另一本正读着的，是杨葵兄的《坐久落花多》（广西师范大学出版社）。第一本是个才女写的，第二部的作者本人认识，杨先生虽然还不完全符合“才子”的称号，但文字水准远在其他业余作者——诸如本人这类的之上，是肯定的了。他们二人还有一个共性，都是编辑出身。钱女士的编辑身份，是从书里读得的；杨兄在作家出版社“坐台”——20 世纪 90 年代末，本人常去那里，也一起喝过小酒，后来杨先生辞职“下海”了，一猛子就没再上来。

大编辑写书，我不知用什么法子比喻，是否像外科大夫自己哪天也在手术台上挨上一刀？他们每日的工作就是和文字打交道，除了为谋生，本应该见了文章文字就厌烦的，因此大编辑事后能当上大作家的先例好像不多。由于出了十几部不痛不痒的书，我认识的编辑不少，他们中间最终能亲自操刀写好作品的也的确是凤毛麟角。除了看文章后再写文章容易腻烦的缘由之外，经历阅历的局限也是有的：他们的一生或者半生都只和文字打交道了，编辑部的故事就是他们生活的全部体验，又怎么去写原生态的其他类别的“生活”呢？正是这个原因，我读的这两部出于编辑之手的书里的文章，大多都也是“就书论书”的。

我说钱红丽的这部我字字都咀嚼过一遍的《低眉》是才女之书，是由于一年下来能读到这部书中的这般文字的机会，还真是不多，都几乎能用“唯一”来表述了。文章中的意象、想象、情感互相纠缠在一起，像弹簧似的极富张力；她有一杆能和张爱玲比拼的魔法般的笔，能仅用数行文字就把你拉进文章的氛围里去，真少见也！《低眉》的文字构成也颇为奇特，半口语半文言，四个字的词组随处可见，且用字考究，字字都含着“放射性元素”。据作者称，她的师承是“桐城派”，由此，我竟然下了好好研究研究那个“桐城派”文章的决心。我从前一直以为能写出中文离奇文章的密钥是在大量的东洋西洋语言的了解之中，那样才能从侧面和外围将中文反衬地“凸显”出来，但假若在清代的文章中本来就有一个“桐城派”的榜样好拿来，又何必用远水解近渴呢？当然，好文章不仅是技术好就好，还要有天才的情份以及人品，那是真抄袭不来的，也是练习不了的。这个钱女士不愧和钱锺书、钱穆和姓一个“钱”字，是个读书的精怪，已经读到了走火入魔甚至是将书读到了敲骨吸髓的程度。因此，她再就书论书，自然是情感真挚，如同眼下初春时节的腊梅和报春花们，刚有点天气的热度，就从树木的骨子里按捺不住地往外将花瓣狠命打开。

杨兄的文章从前读过一些，都是写小人物的速写，真能看到他中文系出身的文学知识厚重和“文字工作者”文字高级素养的，还是这部写书的书。他的这部《坐久落花多》之中透露出一股子从“封建时代”遗传过来的汉文字工作者的“酸腐之气”，里面尽是读书人而不是“外人”才能受用的文字上的“东东西西”，还外加着少许无聊落魄士大夫的恶趣味和恶喜好，就像是辜鸿铭专门喜欢闻女人小脚的滋味似的，除非先读上那么几大墙的书籍，杨葵的这部书独有的气味，你是无福得到的。

（2015 年 2 月 26 日）

《小于一》还是大于一

这个尾巴拖得最长的“年”，终于在前日“元宵节”的不太给力的鞭炮声中（据说是因为环保）了结了，因此，今年的第一个日子，起始于3月6日——一个马上就要到“三八节”的时辰。

有些书读后是不吐不快的——我是说叨唠叨唠，上周在杭州“老家”正对面那个“五洋宾馆”的夜床上，由于半夜醒了，读钱红丽的《四季书》。这是本值得反复读读的书，书的品味也极高——我是指前半部，后半部从描述自然到描述人类了，著者的功力显然急剧下滑，由此看来，著者和人类打交道的本事远不如和“非人类”的对象——比如草呀、树呀、猪呀、牛呀什么的——更大一些。

《四季书》这类的书大多是玩了性命写的，因此，读来也需有许多的献身精神，只可惜，用身家性命为材料写的文字这世界上存留的不多，因为人命——我是说一个作者的那股子生命的精气，原本就不多，就极为有限，因此，这类的东西你读了，也就读了，而且绝大多数的人注定不会“喜读”

它们。由此，《四季书》这类的书能由“中信”一类的顶级“面向市场型”出版社出版，本该是作者的幸运，但是它或许不太可能畅销得像余老师（秋雨）的新小说《冰河》那样吧，余老师的书有书评（《新京报》本周六读书版）说它是做作和平庸之作，但平庸本身，不就是畅销书的必备要素嘛！

由于从前和犹太人有过很久的“亲密接触”以及身心受到了不太深也不太浅的刺激，即便不是一个“反犹主义者”，犹太人写的书本人是绝对不会在“枕边”读的，何况还在一个正对着“本人故居”（清波门“柳浪阁”，我家曾在那幢楼中）和吴山城隍阁的不太明媚的“春夜”里呢，因此，我将布罗茨基的《小于一》（杭城解放路“新华书店”购的）预留在回京飞速的高铁上“速读”之并企图将之速速忘掉。只是，在布罗茨基其他文章中，压轴的这一篇《一个半房间》是你无论怎么速读都会在心里慢慢咀嚼体会、你哪怕读个大概的纲要也会令你记住一生的一篇好文章。无疑，这是在我读过的所有“亲子关系”文章中最好的那一篇。阅读后，你虽不情愿却不得不佩服犹太人过去拥有、未来或许也永久会有的超出任意一个民族的纤细敏感的神经细胞——他们总是能想别的种族所不能想和不敢想，然后用那么熟练和用译者的话说那般“中立”的笔法，几乎极端冷酷地将“儿子”与他的“父母”的关系，给写得这么感人和热烈，而且这么“干净”——“干净”到赤裸裸地深入骨血。

去时从“京”到“沪”的高铁上，读的也是和“亲子”有关的书《狄更斯传》（北京师范大学出版社，2015年）。狄更斯的一生——非常好玩的——是和他那个总好欠债的老父之间矛盾和战斗的一生，他写书的目的之一（财政上的），就是替他老爸还怎么还都还不清楚的外债。嘿嘿，这过程中有着颇丰的“狄氏幽默”的味道，只不过，“狄氏幽默”的品相原本就不是“黑色”的，而是热气腾腾和血淋淋的那种。

（2015年3月7日）

并不“脑瘫”的余秀华和脑瘫的我

在女儿眼睛里，费了那么大的周折才将“脑瘫”诗人余秀华的诗集搞到手的我的大脑，肯定比起余秀华的——还瘫。

2014 ~ 2015 年中国文学最热门的“事件”肯定是余秀华的故事。《月光落到手上》这部书真的落到手里之后，不知为何，觉得不如网上读到的那些她的诗作写得那般的“大胆”，当然我并非特指“穿过大半个中国去睡你”的那句“名言”，于是，我就将之瞟了一眼之后，放到一边去了。

本人对现代人写的诗歌一直抱着一种“不信任”的态度，原因说不清楚，可能其中之一就是现代诗歌是一种毫无规则可言的“长短句”。所谓的“无规则”，就是你越读诗越不知道究竟什么才应该是“诗”，而且印象中的现代诗是不需要太大的功力就能随便写的。换句话说，你说什么是诗，什么就可能是“诗”，相反亦然。也就是说，假若有人每间几个字就用标点符号切分开来，然后再将其像把穿糖葫芦的竹棍胡乱给折成长短不齐的几段法子——将本人上面写的这些句子给“技术处理”一下的话，那么本人的上述胡言乱语，就立马能摇身演变成“诗”了。由此，本人是看不上那些“只”会写诗的人的——请留心刚才那个“只”字。

以上说的，就当是玩笑读吧。但就在同时，我还是能凭经验读出“诗”和不是“诗”的分别的，只是读的半明半白，真的让我说哪句话就是“诗”，还真的说不清楚。

余秀华的来之好似非常突然的成就，还是要用真心恭贺的。其实她并不“脑瘫”，脑真的瘫了，诗是绝对写不出来的。人脑，我私以为，通常是处在半瘫痪半不瘫痪之间。她是那样，你我，难道就不那样么？

（2015 年 3 月 9 日）

《西日本时间》和《读书》

北大贺桂梅老师的《西日本时间》是在《读书》杂志上被书评人卢冶介绍的，赶紧买了来读，一是因为贺桂梅老师是中文系的理论教师，原本并不算是个“日本通”；二是本人2010年去金泽大学当“进修生”兼助教的时候也写了一本《日本二次会——人鬼情未了》，却至今还没有出版，贺老师是随后去的那批“北大师生”，人家的书却在2014年就出版了，想看个究竟。

贺先生的这部书写得出奇地好——好在作者不懂日文，还好在作者是一个大牌学者。不懂当地的语言通常是一个弱项，但贺先生“反其道而用之”，将由于语言隔阂带来的心的寂寞和独处的经历淋漓尽致地转换成了对访问地的“独立观察”，由此才能观察和“悟”出一个似乎是更加真实同时更具抽象意义的“西日本”。学者之于随笔通常也是弱项，但贺先生将原本的弱项也轻而易举地转变成了行文的缜密和考究，将随意的自然的走走看看写成了既严丝合缝又情感荡漾的半学术半“心术”且颇为“富态”——指内容上的一个集子，这是许多号称是“知日派”（包括本人）想做也做不到的。因此，读着既有同感，又佩服作者的高明。何况贺先生笔下的神户本人并不陌生，2010年从日本回国时就是和欧阳泱小同学在神户登的船，经两天两夜的海上颠簸后在天津上岸的。

还读了海豚出版社的《八十溯往》，作者是“三联”的开局元老，更是《读书》《三联生活周刊》杂志的创始人沈昌文老先生。《读书》杂志是本人之最爱，每期必读，一读就是这许多年。凡在《读书》上发文章的人都被本人视为智者，每篇文章都被认作是难得之文，因此对这每月一期的杂志之父，我无论怎样崇拜都不为过。其实细想，将一本杂志的风格定下，将其传统打造出来，然后再使之生生不息地一期期延续下去，其最大功德在于发现了语言使用者从前没有过的一种崭新独特的思维模式和表述形式，而这种表述法在《读书》创办之前是隐形的，是未知的，必须是这种杂志的创始人和他的团队在前几期的“定调”，才将其发掘，才将其定型，然后才在世道上流行和发扬。所以，一本好杂志的风格和其他类杂志是迥异的，比如从前也常买的《书城》，虽和《读书》同沾个“书”字，两本杂志却全然不同；好像《读书》之外所有的文字都不是《读书》风格的，它（这杂志）的这个小小的载体仿佛是一个有着极其独特魂灵的“筐”，只有适合这个“筐”的文字文章才能被装进去。反过来说亦然：正是沈公等人带头把那个“筐”给发明、给编出来了，《读书》创刊之后，那些独具《读书》特色的文字文章才应运而生。从这个角度来看，每个伟大的出版人，这些杂志的孕育者，都不仅是“伟大”无比，而且光荣无比，更是正确无比！

（2015 年 3 月 16 日）

我的书是写给古人看的

记　者：齐老师，由于时间关系，我们开门见山，《商场临别反思录》是一本什么样的书？

齐一民：这是我大约在2004年前后离开商场前写的一个随笔集，主要是心得和感悟式的一些“胡思乱想”。现在将其整理出版，好在绝大部分内容还不算过时，而且时隔十多年后自己读着还挺有意思的，有点把玩“新古董”的感觉。

记　者：我个人认为，《商场临别反思录》是一本半自传体随笔集，您把它定位为“随笔式中长篇喜剧小说”，但版权页上标明为“商业经营”类图书，于是有些书店把这本书归类到经管图书书架上销售。为什么会这样？或者说，《商场临别反思录》本来就具备这样的特质？文学作品有时就是专著或百科全书（比如《红楼梦》）？

齐一民：应该说是半“理论”半“实践”的一个“杂交作品”吧。这或许和我本科财经院校出身的教育背景和近二十年商场上的拼杀实践相符合。其实，理论的东西在商战中使用时候的感觉就是“故事性”和文学色彩都十分强。本来“商务理论”是一门不存在的学科，是19世纪到今天的商场上的实践成就了它的“学术性”。

记　者：对于这本书，每个读者都会有自己的解读，本来嘛，“一千个读者就有一千个哈姆雷特”。那么，《商场临别反思录》想传递给读者哪些重要信息、思想和价值？或者说读者从中能获取些什么？比如愉悦？比如启发？比如观点？

齐一民：作为作者，我只能说是“仁者见仁，智者见智”了。或许这取决于什么人在读和在什么情形下读。好比看一幅现代派的作品，读者不应该有什么预设的期待。对于我来说，恐怕我最想要的效果是读者的阅读愉悦，或者说是能够领悟到“齐天大式的不俗幽默”，这和我其他作品的写作初衷是一致的。我已经写了二十年的书，从1994年下笔的那一天起，就从未改变过这个欲念。

记　者：您在海外生活、学习、工作十余年，读《商场临别反思录》觉得是一部西式轻喜剧，感觉自己在看《憨豆先生》，是不是与您这段经历有关？当然《憨豆先生》在中国获得了成功，那么您的作品会不会因为中西方文化的差异而难与中国读者产生共鸣？

齐一民：中西幽默的确是有别的，就连西方的幽默也是千差万别，你用不同的语言讲话的时候对“幽默”的感悟也不完全一样。憨豆式的幽默是非常英式的，倘若“憨豆先生”

用美音讲话则绝对效果迥异，何况我并不认为“憨豆式”是最好的幽默，他显得比较呆板艰涩兼英国人的做作（假模假样和事倍功半）。我在很长一段时期的工作语言是北美的英文，我觉得用那种语言发挥“幽默感”比较灵便，这其中的道理我现在还在找寻。再比如，使用日文、德文就几乎没有“幽默”的可能，这两种语言的动词在句子的尾巴上，你好容易摸到“狐狸尾巴”却将狐狸的身段子给忘了，因此幽默得太费劲；使用俄语也是同样，俄国人讲话老苦瓜着脸，和俄语的太规矩有关。这或许是文化上的，或许是语言上的，再或许是表述内容受语言形式的制约而形成了各个民族通过语言“寻欢作乐”时的不同风格。总之，这值得我慢慢研究和琢磨。补充一句，我认可的最具代表性的“幽默”只有一个大师具备，那人就是卓别林。

记　者：您在一次对话中表示：在文学上您不与任何人同伙？是被动还是主动？

齐一民：既被动也主动。我是业余“作家”，因此大部分时间都放在从事的具体工作上，比如我现在做的主要工作是在大学授课，我不可能有太多的时间去和专业作家的群体结识和相处。另外，我从不认为文学创作应该搞“同伙制”，《红楼梦》的作者不就是自己闷头“裸写”的么？曹雪芹好容易和高鹗同伙、相互在书中“合拢”了，不还隔着一道“生死墙”？写作很简单，就是一根笔、几页纸，本应是绝对的

“个体户行为”。

记　者：客观地讲，您在当下在中国不算是主流作家，我说的是“当下”，并不代表未来。有些书评人说：“齐博士能写出像《日本语言文字脱亚入欧之路》这样极高水平的学术著作，为什么他的文学作品读起来走神？”您怎么看？如何评价您自己的作品与创作？

齐一民：呵呵，那要看谁读和什么情形下读了。我写了二十多本书，有让人走神的，也有不让人走神的。我自己的阅读经验是：作家的本职工作是写出不让人走神的作品，但同时，读者读书的时候也要为自己有意营造出一个“不走神”的场域。例如，我读那些大部头的书籍喜欢选在坐长途火车（高铁）或飞行的时候，那时候你才能静下心来，才能专心于那些需要认真赏读的长篇作品。换句话说，彼时你的屁股稳不稳决定你读书的效果，反正也不能跑到急速飞驰的列车或航空器外面去，你那时只能认真看书。开玩笑了！

记　者：有人说，您的文学作品可能不属于您自己所处的时代，而属于未来，这在古今中外并不鲜见，您又怎么看？如果是这样，为什么不写一些当下读者感兴趣的作品？以您的能力完全可以做到啊。

齐一民：用诡辩的语言说，其实我们每个人的心里都同时存在比例不同的“当下”和“未来”，未来有时是在过去，明天也不注定就是“未来”。懂你书的人可能还是古人呢，信不？因此，写书时候我钟情的，就只有笔下的“在场的真实”。你或许可以将其说成是“人性”的“托底”（底盘）的那些东西，写这些东西需要的是人生绝对真实的感觉和不虚假的体验，谁能将其写到纸上，无论是古代现代，就都是“当下”，也都能对付写作的最大敌人——“过时”。因此，写书的时候你只管写就得了，不要想得太多。再重复一遍，我从未期待讨好什么“当下”，这正是业余写书人（玩票的）的可被容许的“任性”。连出版都是我自费，为何不痛快地写写画画呢？何况，我是在为古人写书。嘿嘿，这句话有些费解吧？

记　者：我知道我们今天的谈话并不可能改变您的创作方向和方式，否则您就不是齐一民了。事实上我们也没有要改变您的意思，我们只是在探究一种文学现象的存在。最后一个问题：未来有何新的作品问世？

齐一民：除了一百多万字的长篇随笔小说《雕刻不朽时光》，还有一个即将出版的随笔集《四个不朽——生活、隽文、音乐和书法》（知识产权出版社）。这个集子讨论的就是作品如何才能经久不衰的问题，和今天谈的内容颇为相像。这些书出版完后，我的作品总量就近五百万字、二十几部之多，我也就将彻底从这个长达二十年之久、从未间断的“业余爱好”上退休了。

（2015 年 4 月 3 日）

不许乱“讲”鲁迅

清明了，没什么地方去——这当然是本人的福分。因此，就草草做一下评书的“勾当”。前两天在“北语”的新书店，远远地见书架上有一本新书，名曰：“某某某讲鲁迅”。“某某某”是避讳的代称，因为那位“讲”鲁迅的学者本人认识。翻了翻，还是没有超过学者前些年的成就，只不过，让我回家后止不住觉得好笑的是，那本书的“某某某”的大名竖立在大著的书背上，你能用眼睛看到的，是：（1）他的名字是骑在鲁迅的脑袋上的；（2）好像“讲鲁迅”还不是那个书名的终结，底下还有其他的可以加到那标题尾巴上的，例如：“的好处”或者“的坏话”——诸如此类，那样的话，那本书的全称就变为“某某某讲鲁迅——的坏话”了。嘿嘿。

本人一贯用警觉的眼神看那些大幅拉扯着别人的名号做自己的屁股垫儿的学者，甭管你的派头和名号有多么响亮，尤其是那些拉鲁迅的“垃圾车”的（注意，本人绝不是将鲁迅当成“垃圾”，而是说历史上有那么多数以千万甚至可以用“亿”为单位计数的随着鲁迅而产生的文字的垃圾）。因为，第一，鲁迅本人并不屑被那些人抬着牌位为自己贴金，如果是，就不是鲁迅了；第二，人活一辈子总要为自己混个单独的名号吧，哪怕是一个比鲁迅小了少许的名声呢，因为每个人性命都应该等值的，人家鲁迅是“一家大店”，你们——学者们，为何不自创出一个小名号和小门脸呢？第三，到目前为止，那些“鲁迅后代”们千呼鲁迅万唤鲁迅，个个都能在某个层面模仿鲁迅，唯有一点一个学者都没从鲁迅哪儿继承，就是鲁迅的“坏”劲儿——鲁迅可是个“坏孩子”！他从生和到死都和“道貌岸然”四个字为敌，而那些个当代的大牌“鲁迅模仿秀”演员们，正是他们的“师爷”——假如他还活着的话，第一个嘲讽那些拉他的“大旗”做他们的“老虎皮”的“鲁迅专家”们的，正该是他鲁迅。

（2015 年 4 月 5 日）

在“单向街”淘的一本“巴托比”书

昨天到朝阳大悦城的“单向街”书店淘书。这个“单向街”早有耳闻，佩服它在卖书事业上的坚守。其实，本人一贯认为“生意就是生意”，书店的生意也是一样的，开不起就关门，不用搞得很悲壮的模样。读书，尤其是读纸质的书，原本就属于少数人的“癖好”，尤其在当下，读书似乎已经和那些遗老遗少们抽的大烟一样的，属于该被戒掉的老习性，因此，北京城每年书店的递减，也仿佛烟馆子少一家再少一家的那种味道了。

单向街书店的书没有我预想的多，而且很多是旧的，脊背上都被那么多人的指甲弄脏弄黑了，那些碰过书的人，兴许都不常洗手。因此，我不是特别的喜欢。在入口处摆着的那些“畅销书”的台子上，有的真是新的，有的已经“畅销”若干年了，颇像是书中的“老妓”。买了一本艾柯的《误读》，第一眼就想到家里好像有这部书，不敢肯定，回家一看，果然有。艾柯的书总说人见人爱，可我就总爱不起来，虽说他是个“百科全书”，他的书里什么学识都有，那么，我们为什么不直接去读“大百科”呢？因此他的书买过也读过了，竟然忘了那回事。包装换了而已。大叫吃亏。再有一本，是比拉-马塔斯的《巴托比症候群》，大呼好书。在“单向街”咖啡厅紧靠窗边的座位上读了一半，眼就昏花了。傍晚，又在肯德基就着外面九级沙尘暴的呼啸声，把后半部“啃光”。

什么是“巴托比”（Bartleby）？你不看书我是说不清的，因此就决定不说详细。“巴托比”大致是作家“怎么也写不出来、再也写不出来什么了”的那种尴尬痛苦的状态，就像江郎总要才尽一样，这种事早晚会发生。这种事发生在本人，或许是明后年的事，但好歹到目前为止本人也凑合着写出来并出版了十多本书呀，这要比比拉-马塔斯说的那些著名的“巴托比患者们”好多了，他说，有的作家只写了一两本书，就“巴托比”了。更有甚者也更为滑稽的是，在西方国家的文坛上有许多受万人爱戴的“国宝级作家”，他们竟然还没下笔就早已经“巴托比”了，因此他们一辈子一本书也没写出来，他们的“伟大作品”一直是在头脑中私下酝酿的。一本书都没写叫什么“著名作家”哩，偏有，真有，信不信由你。不信，你排查一下咱们各个级别的作协——据说是两万多会员哩，看里面有多少还未出版一部作品就已经“巴托比”了的“著名作家”；呵呵，这可以有。

一笑而已。

（2015年4月16日）

被我误读了的《误读》

安伯托·艾柯的作品近来是在戴锦华老师视频的"隆重推荐"下才喜读的。读者和作家的作品有时候和一个大活人对另一个大活人似的——这么说因为书本是死的，有的人你接触过一次，忘却了，再接触时——那也许又过了十年、二十年，你忽然发现他（她），竟是个不错的人，我重读艾柯的《误读》的感觉也是如此。以前我挺烦那些自称或被称作"百科全书"的人的，因为只要"百科"了一回，就很难做到"全书"（此处为随意的文字游戏，也算是对艾柯的戏仿吧），况且本人本来就自诩为半个阅遍天下奇书的"活百科全书"。用35年前大学同宿舍室友的话说，本人是个惯常用上一本书的理论批驳下一本书的家伙，而且会终身乐于此道——说"游戏"也行。

再说回到艾柯和他的《误读》。Eco名字的发音像极了Echo（回音），因此，原来我竟误以为他意大利家姓的本意就是"回音"，由之，他的书也仅是千奇百怪的各种被他"误读"过的书本知识的"回音"，用土话说就是"传声筒”，别人往竹筒里倒豆子，他那边跟着噼里啪啦地瞎响、胡乱回声而已。这就和那个每一篇文章的“互文性”都极强的鲁迅弟弟周作人似的。周作人就是个有名的“文抄公”，大多数文章读着读着很容易被“误读”为百分百的他人的作品。再回到艾柯，这本我第二次买的新版《误读》，或许是新版的原因吧，并没让我对艾柯的博学作呕，反倒有些喜欢起来，还追买了他的另几本书，比如《带着鲑鱼去旅行》。

《误读》中最好玩的文章是那篇“很遗憾，退还你的……”，艾柯模仿出版人或者编辑的口吻给《圣经》《神曲》《荷马史诗》《堂吉诃德》等书的作者写退稿信，退稿的理由不仅充分而且十分诚恳，当然，被编辑们退稿的不仅包括普鲁斯特的《追忆似水年华》，更少不了康德、卡夫卡、乔伊斯、萨德之流的作品，再加上齐一民的那本《梅花三“录”》，嘿嘿。何为幽默？艾柯的那个书单子都不用拉长，只要他按照“为传世名著退稿”的路子一动笔，幽默的效果就天成了。这正应和了本人对幽默的理解：好幽默是建筑在逻辑结构的错位上而不是词语的花哨上的。

（2015 年 5 月 11 日）

古城西安重访

张爱玲有一本书，名曰《重访边城》。于我，西安并非什么边城，但还是重访了。上次访问时，本人是个卖暖气设备的。暖气设备和暖气设备不同，因为我的暖气，是被安在兵马俑的一个坑里的，而且是从意大利的阿尔卑斯山脚下运来的，因此，你不要藐视我的暖气设备。上次本人去了延安，但留下了兵马俑，这是本人一贯的玩法，本人从不一气把一个地方的景色游净，比如游昆明时，我偏偏留下个石林，那是为重访留下一个口实。这次也是同样，我“补游”了一个兵马俑，就不再接着游了，我留下了个武则天的无字碑以及华山，权当是下次游的借口。

这次我住的酒店，也是和我有过关系的，这家“阿房宫”上一批次的门锁，也是廿载前我从加国（加拿大）运送来的，尽管它们不幸被更换掉了，看着酒店的门，还是能依稀勾起我对这个住过克林顿、布什、潘基文、日本天皇的曾经辉煌过一番的酒店的淡淡的情怀，也顺带缅怀自己在蒙特利尔那家半旧工厂的车间里费尽心思地为这么遥远的一家故国酒店赶制进出门房卡的日子，廿年过去，我运来的锁和门卡都不见了，但好歹，这家酒店还在呢。

其实北京人对西安这种同样也是古城的“重访”，是一半重访一半不重访的，因为我们都有（过）城墙，但西安的更完整而已。“阿房宫”在城墙根不远，我就把每日早中晚的进城出城变成了和“城”的一次次重逢。在重逢中，我发现西安的这个古城离我们这个时代是那么的远，也这么的近。我发觉上次我误解这个城了——我原以为这个城仅有东西南北四个门，但这次我每日进出的竟然是那么多的、名目（名字）如此琳琅满目数也数不清的城门，最终我只记住了一个“玉祥门”，由此，我才察觉从前的我对中国的古城是不甚了解的——中国从前的古城大多是有着很多很大的门的，尤其是大一点的城，比如北京城，有朝阳门、复兴门、阜成门……那么多的门，倘若那些门都还在，你每天进进出出时肯定是一种围绕“旋转门”转的感觉，而且到了夜晚，那些门楼上的灯火——就如长安城上的这些，仿佛是天上的明星，是夜色里的萤火，也像是暗夜中天神执掌的光亮，看上去真真的挺诱人的，叫你立刻涌起一阵子心中的“古意”，晚间在城墙外围着墙根散步时，也使得你不得不陷入历史的遐想。

由长安的或大或小的昂着首的城楼、城楼上的那些炫目的灯，以及犹如昨天才码放好的城墙上并不陈旧的砖块，我怀想另外一个也该有如此多的城楼城墙和楼灯，也必须有那么多早晚绕城散步打太极跳广场舞的本该享受城、欣赏城、受用城的本人生于其中长于城下的城市——北京。北京人和百年前中国的几乎所有的城市的人，原本都应该是这种被一个实实在在的“城”所包围所塑造所定位的——城里人、城中人，但那应该是真的“围”——被城门城砖的围，是实在的围，而不是想象的“围”和虚拟的围。也就是说，直至这些古城消失之前，“中国人”的日常生活，也应该是和今天的长安、辽宁兴城（我老家）、山西平遥——和那些为数不多真正的“城”的人们一样，也都是和城楼、城墙、城门低头不见抬头见的。换句话说，中国人千百年来的生活应该是以“城”文化为核心，中国人千百年来都是围“城”转的，中华文化是一种“城文化”，因此才有了那么多和“城”密切相关的说法和概念：“城里人”“城南旧事”“城外城”……那些个“城”本应是真正的带门楼的城，那可是实体城，是抬头就能望见的城，是可用手触摸的城，是用青砖一块块苦心费力堆砌起来的城啊……但是如今，俺们的城呢？

没了城的中国人失去了硬质城墙的保护包围以及制约，即便城还是那么称呼，即便路上也车水马龙的，而且拆了城的道路上更能让飞车驰骋，但目下中国境内的大大小小的“城”都已是虚拟的城、字面上的城了。无论是进城、出城，我们也都不再喜欢城、敬畏城、玩味城、每日用目光碰撞城了。一句话，我们都已经变成“城”的弃儿，城和我们不再相向而行了，城离我们远去，城变得模模糊糊可有可无，当然，我们也永久地不再是名副其实的“城里人”了吧。

（2015 年 7 月 7 日）

读书心得交流

小王来信

齐老师，您好！

我今天下午去盲人李大夫那里按摩，同时在他"诊室"开了一个"小读书会"，并带着壶煮了我带去的意大利咖啡。

我首先念了一两篇您的新稿《养鱼心经录》，这个没有引起我们什么共鸣，可能我们就对"吃鱼"有兴趣吧！呵呵……我接着读了您的《商场临别反思录》随便翻了一页，第一篇读的就是您亲眼在玉渊潭公园见到"乞丐抛钱"的短文,这下就把我们的兴趣提起来了,李大夫说这写得真不错！我给他读了好几篇,他都叫好,说文章的内容有寓意有思想！我最后还给他读了您为张金俊老师《苦途》写的序和张老师的后记。我个人认为您早期的文章比近一两年新作要好（除了那本论文），就拿"养鱼"来说，我觉得内容有点"枯燥"，如果从第一篇到第二十四篇连续整个读完，我会有疲倦、乏味感，恐怕会"半途而止"。我倒觉得这些"养鱼"的博文适合单独发表在报刊上。

您的《商场临别反思录》我会再好好看看，读完能让人深思……不过您最好能出一本“盲文版本”，我今天给那李大夫读完嗓子都冒烟儿啦！呵呵（中国盲文出版社就在卢沟桥抗日战争纪念馆那条古街上）。

齐老师，我想问您下有关“灵魂”与“超越”的事情，您是怎样看待有关人的“灵魂”的问题呢？如果对问题事情达到了“超越、超脱”的状态，是不是就是最高境界了呢？我想听听无宗教信仰者的看法……我个人认为，人不管他有无宗教信仰,如果自身涵养达到一定程度都能达到这种境界。所以这样的话，就不必非要加入某个宗教团体才能“获救”吧？！您说呢？

小王

回复小王

小王好！

谢谢你们抬举我的书。正所谓一百个人能读出一百个林黛玉，每本书和每本书是不一样的。我最得意的其实是“养鱼”，不过你还年轻，要五十岁之后才能读懂那本书的意思。就比如你们读古人的《般若波罗蜜多心经》也会觉得枯燥一样，那本书其实已经写出人类的视野之外了，是和尚或者与李叔同样的内心与尘世告别到一半的人才会写的。人到五十之后就是倒计时了，对生着的世界关心会递减。作家阎连科就和我的心态差不多，由于过多地想到“死后的样子”，对写生着的世界上故事的兴趣会渐渐变淡。

《商场临别反思录》的可读之处恐怕是“真实”，是真情流露，当初我四面楚歌，公司摇摇欲坠，因此，那些东西是出自对灾难的恐惧,其中的幽默也是用于抵抗倒霉的鸦片。

《苦途》的可读在于真诚。在短篇中表露真诚容易，能在几十万字中一路将真诚贯彻到底的,则是罕见的“真人”了。

再聊！

齐一民

（2015 年 7 月 14 日）

“上帝”就是“圆的形状”

人的寿数一过半百之后，对人间事情的关心就与日俱减了，本人现在的心思大多花在幻想另外一段生命的模样，比如自己会变作什么，变成一块智能手机的电池？还是变成一种能被细化分类的垃圾？就是，假如我们的“第二次生命”还会有的话，我们会成个猫、成条鱼，如此这般。你一这样寻思，这人世间的一些是是非非的东东西西也就没太必要认真了。五十岁还早些，还尚可做这些胡思乱想，真到了八九十岁，当我们半清楚半糊涂地坐在湖边发呆的那种年纪，我想，就连后半个自己是猫是狗都不太在乎了吧。其实，这就是人生。

美国人往冥王星发射的探测器发回的那张圆圆的图，被震撼之余，似乎使我离“上帝”（老天爷、万物的主宰）更加接近了。那个小东西飞行了九年、五十亿公里，它飞到那儿一看，见那个星星竟然也是圆的，如此的圆，那么完美完整的圆。由之我猛然意识到自己的一个“重大发现”，那就是原来“上帝”是存在的，它就是一种圆状的物质，或者说就是“圆的形状”。你想啊，什么是“主宰”？肯定是我们无法超越的、最大的东西呀，那么全宇宙中什么最大？太阳呀、星星呀、月亮呀，它们是什么，它们其实都是一个个造型完美的石头做的圆状的大球球……到此为止似乎没什么稀奇，稀奇的是为什么它们不是正方形或长方形的、三角形的、圆柱形的，或完全不规则形的呢？具有代表性的、人类能看到的个头最大的那些个“它们”，似乎无一不是被打磨得仔仔细细规规矩矩完完全全的——圆的球体，无数个它们——那些不知是经谁的手、谁用心或者谁别有用心地制造出来的那么圆满的巨大的石头球体，就那么在不知何为边际的姑且叫做“太空”的“空”的场域中，固定地、默默地、似乎是永久地悬置着，旋转着，而你我这些“人类”寄居的，只不过是无数个这种“石头球球”中的一个，而这一个，它竟然也是如此的圆！因此我想说，大家瞎猜的那个最伟大的存在——我们常叫“老天爷、上苍、上帝”的，它不是“圆的形状”，又会是什么哩！对，正如我说的，“它”并不是专指这个球或那个球，它是虚无的抽象的，它，就是一种形状——“圆”本身和“圆”自身。如果不存在“圆”这种形状的话，地球就不是这个样子，冥王星也不是那个样子，这种形状就是西方哲人说的“物自体”和“罗格斯”，就是万物居住生长之场所场地。假如太阳、月亮那几个“球球”不是圆型的，地球所受的日光月光就不会均匀，我们活得就不会如此的舒坦；倘若这个地球本身是长的方的或是张牙舞爪形的——如古人最早认为的那样，那么，现代的我们就不可能如此轻易地乘坐飞行器绕着地球转圈圈，能这么快地从它的这边转到另外一边；如果地球是一堵竖立的墙或是长方体的话，美国的军机在炸完伊拉克后或许要先前后飞飞，再上下飞飞。“二战”在轰炸日本时，会一不小心把核弹扔回到美国自己的核爆基地……以上种种之所以不会发生也没有发生，都因为有了“圆的形状”这种“东东”，然后，就有了照着这样子成长的地球这个大球，再然后，就有了赖在上面的我等活物，就有了你，也有了他，和她，更有了原本为交配目的而生成的阴阳两性之间的情啊爱啊，于是有了那种感觉感情的种子受孕而生下的小动物小人类以及小人。

（2015 年 7 月 16 日）

我从阿布扎比归来

——南非、阿联酋之行感想

无论用怎样的语言，当我的飞机在阿布扎比——那个阿联酋国中的一个酋长管辖的城市——下落的时候，当我第一次看到用黑头巾蒙面、只露出两只眼睛的中东妇女，以及“白袍”的中东男子的时候，我内心的震撼，还是表不清的。

转机后先去了南非，那个“约堡市”以及开普敦，还有开普敦郊外的两大洋交汇处。我们的飞机仿佛是只不懂得疲倦的大鸟，在地球上从一个时区飞到另外一个时区，然后再从一个纬度跨过另外一个纬度，从一个人类种群飞到另外一个种群的人们的头顶上，然后我们再飞到一个新的温度，从北京的30℃到南非的10℃，再从南非的10℃回到中东的50℃；我们甚至从一个季节转到另外一个季节，从北半球的“夏”一天飞到南半球的“冬”。

我一直认为人类是在浪费着自己的发明，就比如飞机：一个大铁匣子能飞得那么的高、那么的远，而且还那么的平稳，这原本就奢侈了，人类却乱用滥用这种聪明无比的器械，不停地飞着去开什么“减排”全球大会，或者用这部机械载弹一遍遍去轰炸别的国家。我们为什么不节省这种发明，就像俺们幼时那样把水果糖先吃一颗再存上一颗呢？

到南非、阿联酋之前，我原本以为人类是可以什锦糖似的杂拌着居住的，是可以杂交着生育的，我们原本就是一个祖上（传说的）的“产品”，只要不停地杂交就能再回到唯一的同一种人的原初；但我显然错了，人类其实根本就逾越不了自己的原状——除了极少数，我们原本什么样子最终还是什么样子，我们要不就是黄的、红的、黑的，要不就是白的、更白的，而南非，几乎就是这种人种严格分类的佐证，那里人的肤色那么的重要，那么的有决定性。你看，有钱白人家高墙上的那一道道防范黑人的电网；你再瞧，城市边缘那一眼望不到头的马口铁皮制作的长方的黑人“鸽子窝”；你再听，同车同胞们随口而出的“大老黑”戏称……我凭个人之微力，在有限的余生，始终就会与这些观念和现实为伍，这不由得使我堕入无奈无助的沉思，甚至，我连沉思都想放弃了。

当人类尽其一生——甭管是你的我的，都逾越不了你出生那时候起就随着你来到的“局限性”——这里主要是宗教和种族的，那么你那么短的一生的后天的努力，还有何种的意义呢？

由此说曼德拉是伟大的。他当年所在的那个监狱就在开普敦海岸边阳光下黑白混杂休闲散步的男男女女的目视可见之处，在那里的大海上沉默着守候着，在模糊地观察着岸上这些“新南非人”们，那些人的不再“不共戴天”，这就是曼德拉生命意义的凝结。

（2015 年 8 月 8 日）

这些奇人奇书

今天又是一个“双十节”，是个虽然和本题目没啥干系却忍不住要提一下的日子。

为了写好这个小题目，先把已经被我在电脑上“贴”了许久的这段话“激活”吧：

奥古斯托·蒙特罗索：好作家应永远都不知道该怎么写作

（2015 年 04 月 04 日 09:20；来源：新京报）

一个好作家，能让人们习以为常的思维织物瞬间跳线解体。他不是社会新闻记录员或维持秩序的保安，更不是流行声音的伴唱、和谐社会的无脑饶舌证人，而是凿开习惯思维的坚壁，让想象的风涌入的“破坏者”，是引导读者透过织物解体后的空洞看到截然不同的世界，获得新的思维空间的创造者。或许，也正因如此，蒙特罗索才会说：“我认为一个作家应该永远都不知道该怎么写作。因为那样非常不好。在艺术中，知晓往往意味着僵化。艺术的美存在于感知、冒险和寻找。”

几个月前，我之所以凭本能的驱使把这段话贴到电脑上，是因为我那个时候真的不知道应该怎么继续地往下写：二十多年来我把想写的话题几乎写干净了，把喜欢的格调也都写利索了，再写就是复习，就是反复，就是自己抄袭自己，就接近我万分厌烦和极力抵制的“职业化”了——那就是做熟练工，就是开过一万次刀、只要把手插进病人的肚子就能“庖丁解牛”的外科医生，而这，于有些人（一些著名的作家们），是一种能够保持名利的技巧，于本人来说，却是写作的死敌和死穴。

于是我能做的，就是不写以及阅读。我转换了自己的身份，我想做一个读者中的暗探，使劲去发现那些被荣耀的光泽遗弃掉、忽略掉的和俺类似的“隐形的作者”们。这些人，我想象他们都也有一对“隐形的文字翅膀”，也都在低空中贴地面飞行过。

近日，有这样几本书和几个作者被我侦探出来了，他们是：写《马尔多罗之歌》的法国人洛特雷阿蒙、写《蒙马特遗书》的台湾女作家邱妙津、写《陶渊明批评》的现代人萧望卿。他们一个是19世纪的法国疯子，一个是20世纪末的女同性恋者，另一个，是只写了短短几万字的“文学批评小论文”却技冠群雄的“高人”。

由于看了译者的名字“车槿山”——我们北大比较文学所车老师的名字，才把《马尔多罗之歌》买回来的。书译得奇好，而那个只写一本书就夭折了的“法国疯子”的书中的疯话，也真真的振聋发聩。它们或许是“疯话”，或许就是箴言，就是真理。那些炫目的奇怪的言论，你虽不完全懂，却能体验到语言文字的超强魔力并落入神人超凡想象的黑洞里。这种书你要是全信了，你注定也是个疯子。但你如果全然藐视，那它，为何能堂而皇之地在法国文学中高居其位（车老师语）呢？我将这种书定位为“令人惶恐之书”。

邱妙津的那本书中也有个法式的“马”字的发音。她也是个奇才，也是英年早逝，而且是自杀而死。由这本书，我才知道“拉子”的这种对“女同志”（lesbian）的汉语译法。在前不久和几个“想写书”的年轻人的闲谈中，我说有一类书不是用手写的，是用命和血写的，我就举了这本书的例子。我说虽然邱女士只留下了包括这部书的聊聊几本，却把整个台湾岛文字史上所有的以文字为生的人给“震”了。她的这部绝笔，绝对前无古人也后无来者，达到了现代汉语的最高峰。你读它时，正如介绍它的一位作家说的那样，所受的震撼是令人胆战心惊的，于是我也像那人一样，只草草读了一遍就将之束之高阁了。补充一句，读邱小姐的文字时千万不要总想那个“拉子”的标签，它充其量只是一个封条，是个椰子的模糊的外壳，打开之后，内部是个白花花的令人惊艳的世界。

第三本我昨天才从王府井图书大厦请回家的“绝书”更薄，更容易被人忽略。《陶渊明批评》是萧望卿先生在人世间留下的唯一的文学批评的小书，统共才几万字，书成于民国晚期。但就是这部书，我以为却是小提琴曲中的门德尔松，是绝响，是最上乘，而且，几万字足以盖过他两位名声如雷贯耳的老师：朱自清和闻一多。朱氏、闻氏的文学批评仿佛是白开水，萧氏的文字却如天上的行云和朦胧神秘的月亮。当你看到那月时，它就已经漂移走掉了，留下的，是难言的不舍和慨叹。

（2015 年 10 月 10 日）

木心果然有传承

——读李劼的《木心论》

今天是巴黎遭恐袭、法国自“二战”结束后首次全国实施宵禁以及北京的天空也遭今冬第一次大雾霾的恐袭（北京已经连续十天没见着太阳了！）且PM2.5又一次突破300的日子，因此，欧亚大陆两个国家的首都的人今朝都不宜在马路上贸然行走，都十分的恐慌，于是，我辈只好闷头读书。我图谋用阅读反恐。

“美居”（在美国居住的）学者李劼的《木心论》分几次读就，后半果然好得不舍抛弃。旅居美国的学者们，如近来对“三国”“水浒”说三道四、对中国国民性旁敲侧击的刘再复之流的话本人不以为然，简单得很：“有本事你先搬回来、先和俺们一起戴口罩和雾霾打拼打拼，你们再谈论国事！”那种人通常是趴在地上腰也不疼的，因此其言论不足为敬。但李劼偏不是他们：他运用了他乡长期驻在的优势，借着没被PM2.5遮蔽的北美蓝天的透彻以及好似从另外一个星球上遥望故国的“远焦镜头”，来评论同样也曾在异国定居作文的木心的文章，正好像在“天外谈天”，因此谈得地道透彻，也谈出了木心式样的口吻与腔调，之后，再将其印成广西师大出版社风格独特的一本小书，这真好。看来木心没死，木心有传承的人。

广西师范大学出版社近年出了这么多的好书却听说不赚钱，但那些高规格的书的问世流传本身不就是金子（钱）吗？——假若时代的流逝就是一种炼金术的话。

李劼别的作品我从前也没读过，但仅此一本就足以佩服他了：我猜想他别的作品的文风也不至于有如此深厚浓烈的“木心味儿”；正好比品论川菜的文章就容易是辣的，说道淮扬菜的文章就有些偏甜——评书和评作家的“点评者”们在“做活计”的时候容易被他刀下的“死鬼”（木心已经仙逝）的腐臭（味道）所熏染而同流合污而臭味相投，从而“整”出一份风格酷似的“判词”出来，那时候，评者被评者其实就刚好合二为一了。还好，木心用李劼的话说本来就是后无来者的一颗让中华文字老传统复兴了的“孤星”，孤星的余光即使是投射到我等这样的凡夫俗子身上也无法被感染成为第二个“小木心”。然而，或许李劼的文笔和性情原本就有着木心般高远的潜质，又经一路的议论和解读，竟将这部小书的文风和品格与木心不相上下如出一人，真好比是远走的孤星又复活照耀于我等的眼前，这是木心之幸，也是文字复兴大业之幸运也！

真“英雄所见略同”：为了纪念木心逝世四周年，凤凰卫视做了一期节目“归来的局外人”，其中有一段我十分喜欢的鲁迅研究专家孙郁的“木心说”，他说：“我们现在中国的整个知识生产和文化的秩序里边、文化生态里边缺少极其个人化的表达，现在大家都是共性的比较多。我觉得批评界对于木心的沉默和知识结构有关系，和他们的生活状况有关系，因为现在批评界很少有人能像木心这样，他是一个漂泊者，思想的漂泊者，有共鸣的就不多。我看李劼写了一本书，李劼他有共鸣因为他也是个漂泊者。由于现在都在体制里面，都捆绑在一个笼子里边，所以大家不会共鸣。漂泊者会有共鸣的。”孙郁说的“体制”是一个非常有意思的“东东”，在我看来它是中国人的不知是第几的一大发明，也可以说是中华文明的一大亮点和结晶——从体制中“出走”的本人一直在关注着研究着欣赏着羡慕着体制，但我这类人的的确确是与体制无缘了。“体制”于治国或不可缺，但于治学和文学创作，似乎又是另一回子事情吧，因此孙郁将之称为“笼子”，有趣的是那个“笼子”而今想钻进去是要历尽艰难的呀，因此一旦入内，谁还能再想出来？

看几集介绍木心、纪念木心的视频后，觉得木心其实对自己的“文字仕途”还是计算得很精细精明的，像是个典型的江南文人，比如在伦敦的街头上着西装亮相时，他故作的那副绅士模样。由于木心并未曾甘心地“出世”，他也渴望在世界上留下一行“不朽”的印记，于是，在木心生前生后，他的学生们粉丝们用文字绘画铸就了一个莫大的“木心小屋”。

（2015年11月14日，12月23日补记）

时隔两年，我再次挑战4℃～5℃水温

昨天的气温是最高-1℃，最低大致是-8℃，我时隔两年再次到玉渊潭的东湖体验4℃～5℃的水温。

水坝上的颜色是洁白的，一层不厚也不薄的雪像一块裹尸体的白布，将在冬日的淫威下挣扎而死的绿色的草和各类颜色的花枝以及它们的不再能招展了的已彻底死去的风流，给覆盖了起来。天也是潮乎乎阴蒙蒙的。这2015年11月份老天的颜色，据说是六十年来最漫长的不见天日——哪怕是暧昧的雾霾下的那种呢。我们这个地球在“巴黎恐袭”之后，似乎同样进入了一个今后六十年甚至六百年人类惨淡的、情感上的“第六季冰川”，而我的与玉渊潭湖水的时隔了两年的通过本年度恢复冬泳习惯的“再挑战”，就是在这类恶心的长久的阴霾的和令全球人惶恐的暗日的大背景下进行的。

前一周的水温是8℃，昨天就已经是4℃～5℃了。下跌了3℃～4℃的冰冷感，最敏感的部位是在十个手指头上：你划水时已经需要不断地活动着（不停地一张一合）手指头了，否则它们就会冻僵。由于岸上有好奇者（他们是第一次

遇见雪天跳湖的人）在不停地以本人为背景拍照，拍得我心乱了，心乱后气就短，感觉上有些在巴黎埃菲尔铁塔上用餐（我用过的）或在比利时布鲁塞尔的“恐怖分子老窝街区”上行走时（我也曾走过）体会的那种刻骨的心事重重，因此，昨天在水下有几分由于寒冷和“气短”带来的垂死挣扎般的惊愕。好在划了二十下水就返程上岸了，就用已经开始半僵硬的手指穿着衣物了——还是在太阳在乌云上端躲藏着的时辰。

总结一下：好像昨天，本人是在被人拍照的时候心的定力被打乱掉的，“破碎”后的心脏在冰水中“紧张工作”时，人的气场仿佛也“漏气”了，因此，就不能形成那种“核心凝聚力”了，就不能形成对寒冷冰水的有效的抵抗力了，因此就惊悚了惶恐了，就镇不住场面了，就丧失冬泳人在冰湖中能镇压得住一切的“局气”了。冬泳需要的不仅是皮实的、刀枪不入的躯体，而且是强大的镇定的不乱的内心，是集中你身上所有精气的能力。

结论呢，是下周水温再降 2℃时，一定要避开岸上闲人的手机。

（2015 年 11 月 25 日）

被忧思的和棺中蔫笑着的鲁迅

经历了昨日“北语”英语论文答辩现场的一场“小小惊魂”（碰到一个有轻度抑郁症和狂躁症的学生）后的我，今日想说说鲁迅——是通过读孙郁的《鲁迅忧思录》，我才又一次“发现”鲁迅的。

解读另外一个人是一桩难事，更难的，是将那个人的魂灵，再蘸到自己的笔端下面，然后，把那个人的故事用那个人的风格给重现出来。从这层意思上说，孙郁的这部书算是最好的，最带着点原装的鲁迅“热乎气”和笔锋的。

解读鲁迅、研究鲁迅、吹捧鲁迅的人，我见过的多了，死的没见过，活的倒真见过不少，但那些人——竟然也包括那些自诩为“小鲁迅”抑或“小小鲁迅”的，最令我不服气的，是他们的文笔距离鲁迅的都甚远。鲁迅的文字如木刻板上的划痕，一刀刀地“切”成，是深刻的，是深邃的，是悠远的，是有着无穷的回味的，而那些“小鲁迅、小小鲁迅”们的文笔呢，就好比是用白开水来作中国大泼墨画，泼到浅薄的宣纸上面都留不下微弱的痕迹，更何况要和木刻的深刻做对比呢？因人的性情不同也！鲁迅的性情是阴霾中带着死气腐朽气然后才溢出来挤出来爱意、仁慈意、豁达意和幽默意的，鲁迅深沉得如一汪深不见底的泉眼，其奥秘在丈八深的地下，在镜子般反映回地面的晃眼的井水的朦胧的幽光之中，而那井中表层的水下，竟还有更深的泉眼，以及更不可测的水下的河流甚至是海洋，由此，“小小鲁迅”们仅凭那些被全面西化了的模糊不清的学术概念和干尸般浮着的闲言碎语的碎片，万万是“表”不出鲁迅九泉下的无边无际和深邃的，何况还有鲁师爷的幽默！本人以为中国人的幽默自鲁迅始而又从鲁迅终，他之后的国人的性格中已经容不下幽默这种东西的奢侈和奢华，大家都活得匆匆的，都没有那种必须先放得下、先悠然闲在之后才有余暇玩味人生宇宙乐事的良好心境，因此鲁式幽默在他之后就已成了绝响。可怜那些当代的“鲁小小”们，他们不仅从未读明白他们的“大旗”——鲁师爷暗中的那些小把戏小玩闹小喜爱和小仁慈小博爱小高兴等小小……他们的道貌岸然和一本正经以及各种场合中的口若悬河，其实正是他们“祖师”玩弄讽刺嘲笑的对象，是他作文嬉笑时灵感乐趣的来源，但可惜可怜和可悲的是，尽管他们（那些个学者们）似乎把鲁迅从学术上什么都整明白了——乃至包括师傅的婚姻和性事，但就是有那么一点点的缺憾：他们那副一本正经的抬祖师棺木的行进步态和架势，正是彼时棺材中受用着的鲁师傅不死的灵肉还咯咯蔫乐着的东东。

（2015 年 11 月 29 日）

在全球恐怖的气氛中听拉赫玛尼诺夫

昨天在大剧院听拉赫玛尼诺夫的时候，望着座无虚席的楼上楼下黑压压的人们，我的脑际不知为什么时而闪现巴黎那个剧院遭受恐怖袭击的画面——这个世界的未来不知道会不太平到何种程度，但不太平是肯定的了；恐怖主义会选择一个演出摇滚乐的场所袭击，因为摇滚乐图的是热闹，但交响乐的大部分是抒情的，有时候甚至是宁静的——比如钢琴独奏的时候，因此我想，怀抱炸弹的人在这种天籁般的宁静中，或许能暂时忘却他（她）那只伸向炸弹引线的手吧，如此说来，古典音乐也是能“反恐”的。

其实拉赫玛尼诺夫并不那么的“古典”，我听着听着就发现，他“现代”得令人想到今年获得“雨果科幻文学大奖”的刘慈欣的《三体》。他带着俄国人喜用弦乐的基因，这点颇似柴可夫斯基，但他的音乐的深度、广度和力度比老柴的似乎更强，能从俄罗斯广袤的原野一直走向银河倒悬的太空和不知何处是尽头的广宇。我回家后查了一下他的履历，发现原来他后来定居到了美国，并受到摇滚乐的少许影响，因而，他的音符和配器中也多少地掺杂了能让恐惧的感觉上身的东西——极强的现代性，跃跃欲试的奋进和“鼓足干劲朝前冲”的要强。

我越发以为古典音乐就是这个星球最后的救赎，它能带给人博大的情怀和遥想的玄幻，也能使人暂时忘掉这个星球上的烦恼，同时我始终认为除了像老柴那样的“旋律大师”的作品之外，即便是也被介绍为“旋律大师”的拉赫玛尼诺夫的作品也都是费解的：我怀疑在编造它们的时候，作曲家总是将不太能拿出手的并不理想和完美的“小旋律”打碎到大的乐器的交响轰鸣中，形成千万个让人目不暇接纷纷繁繁的音符的碎片，而在坐席上接受它们时，你的大脑要不断地将那些碎碎的东西玩命地先记住，再整合拼凑回那个“原始小旋律”中去，而这，对人大脑的记忆分析整合能力的要求是不低的，这过程非常像是哲学上痛并带有快感的脑力劳作。由之，我始终怀疑那些直到三个半小时“马拉松演奏”的最后时刻都还没空闲下来的座椅上一动不动的听众中，究竟有多少人真的具备这种在哲学抽象的思考中“听戏”的能力。

昨晚是俄罗斯马林斯基交响乐团在捷杰耶夫（我在第一次看他演出后戏称他为“姐夫”）的带领下连续两天“马拉松拉赫玛尼诺夫”的第二天，最后他（指挥）累了，他们（演奏家们）也累了，中间休息两次后，连听众都累了——这可是三个半小时的哲学课呀！我感觉最累的应该是最后一个钢琴师孙颖迪：他弹的是被称为“大象”（要用大象般的气力）才能弹奏的D小调第三钢琴曲。前面那个俄罗斯钢琴师弹了那么许久也没什么体力不支的表象，孙乐师上台时却手拿着一大块白布，只见他先用那块布擦了擦鼻子和额头，然后再擦擦手，擦擦琴键，之后，他把白布丢到钢琴顶上，再用手撩拨一下燕尾服靠左边的那部分“尾巴”——似乎是燕子的尾巴长长了一点。我原想这只是一次性的，万没想到小孙乐师每演奏一段，在乐队演奏的歇息时段都要重复一遍上述的全套动作：先拿白布擦鼻子、脸、手、琴键，然后丢开，再摆弄燕尾服的左侧……擦鼻子、脸、手、琴键、燕尾服……呵呵，原来小孙琴师都快累死了，他在擦汗，他在擦淋漓的大汗，仿佛他真在干着“大象”般的沉重的体力活！

同志们辛苦了！

向伟大的马林斯基交响乐团致敬！

（2015年12月5日）

《剧院魅影》和A角B角的意外组合

昨晚本来是投奔着男女主角布拉德·里特尔（Brad Little）和艾米丽·林恩（Emilie Lynn）去的，遗憾的是女主角被一个B角演员代替了，无疑，这带给我的是失望：我几乎只听了一耳朵就感觉声音不对。此前看过CCTV英文台对他们二人的访谈，艾米丽的声音非常清脆，而包厢中凭望远镜看到的台上女演员顶多和她有些形似，但声音是干瘪的。

《剧院魅影》是英语剧，本人一贯认为只有充满着开口元音的意大利语才是歌剧的天然用语，而英语是不太适合演唱歌剧的：英文中混杂音太多，本身就糊糊涂涂的，一旦被演员的歌声放大，就会将那种语言原本的嘈杂和浑浊夸张到极致。就是说，你喊的声音越大，对别人的折磨感越强。

回家后网上一查，原来那个B角女演员来自巴西，母语是听起来更加沉闷、尾音总向上甩打一下的葡萄牙语，难怪她的歌唱总是有股子怪味，感觉像是英腔又不全是呢！也许本人的这只耳朵由于被好音乐好嗓音灌入太多了而过于挑剔变成了一个天然的“声音识别器”。半场间歇时，我向一位天桥新剧场（天桥艺术中心）的场内服务人员核实，问她今晚的主演是不是不是A角，她起先肯定说都是A角，但我说肯定不是，果然再一核实才知男的是A，女的是B，不是AA，而是AB。说实在的，这种搭配有些让人意外，要不就是AA或BB，而不该是AB。

回想生活中本人前三十年职场生涯中的各种角色，有时是D、F、E…Y、Z角，是小人物和边缘人，但其中好歹也有过近五年小老板的日子，那应该是小a——当上国家总统才是大A呢！眼下我做的大学教学工作从角色分配上说应该是B，抑或是D、M什么的，因此，本人对于别人B和A搭配着上场本来是不该抵触和挑剔的，但是，《剧院魅影》毕竟来京的机会不多，能看到万分中意的AA组合，理应是一个私底下的情结和梦想，不想，“遗憾”这种东西如台上台下不停跳窜着的魅影一样始终在运命中暗藏着戏闹，对之，或许我等也只有无奈接受和阿Q一下。

（2015年12月11日）

当"老炮儿"哑了之后

昨晚看了冯小刚的《老炮儿》。不是老北京的或许没有这种情结，但你要是北京长大的，你都应该去看看，因为冯小刚这代人——比我长些年岁的，从此步入真正的晚年，也就是说，那一群我叫"哥哥"的爷们儿们由此大势将去，即将谢幕退场了。当电影中的"老炮儿"在郊外的野湖上手杵着军刀"战死"了的那一刻，象征着那个"老炮儿"精神的那拨人的爷们劲儿和生猛劲儿，也就随他而去了。"老炮儿"由此精神下岗，成了"史前的追忆"，一句话，老炮哑了。

其实我小时候，"老炮儿"大有人在，他们都那么的痞、都那么的胆大、都那么的会玩儿能玩儿，也都携带着那么一股子生猛的野性，说起话来京调京腔也那么的浓厚，当然，像电影里冯小刚那么"满嘴喷粪"（说脏话）的并不是太多，那类人是真正的至少两辈人以上的"老北京"，大多住在后海、南城一带。

"老炮儿"们离场之后留下的遗憾，是从此北京人性格中的那股子痞劲儿糙劲儿爷劲儿和爽快劲儿也消失了，之后的人（尤其是男的）都变成了被这个愈发巨大的都市“围养”的家禽，都规规矩矩一板一眼的，都不会打架“茬”架了，也都似乎变“文明”了，说话前都不痛不痒地先道一句“不好意思”了，因而，这城市里的人缺失了野性和野人味儿，于是，我们这周边的世界，也就不好玩了。

“老炮儿”哑掉之后，本人这拨儿比他们年少几岁的就被推到了阵地的最前沿，就成了还携带点儿旧岁月痕迹的、见识过“文革”尾巴的、下过乡造过反吃不上饱饭彼此之间都用小名“外号”称呼轰轰烈烈满大街玩闹过的——最后一批体内尚存少许的“炮兵”基因的“老字号人类”。我等是最后几门“中炮”和“小炮”，我等是“老炮儿”精神的末代传人。因此，俺们要对自己的原本不多的野性元素玩命精神啥都不吝的劲头特别的珍惜，可别他丫的动不动就丢了（仿电影中语气）。

（2015年12月31日）

为什么当代学者批评家都不会创作了（之一）

凤凰文化就《台静农全集》与《鲁迅创作五种》采访了人大文学院院长孙郁，孙老师说：“像我们这代人，看他的书觉得很惭愧，我们达不到他的那种高度。当代学者基本上不懂创作，搞创作的人基本也不做学问，是我们当下的文坛或者是学界的一个悲哀。”孙郁指出，不止是文学创作或学术，当下的批评界也是如此，当代批评家很少会用艺术鉴赏的方式来批评文本，而鲁迅和周作人他们这一代做得非常好，“好说好，坏说坏，但他是用艺术的语言来说的”。鲁迅谈到废名的时候，说他“低回”“自怜自哀”，肯定的同时又有批评，鉴赏能力是很高的。“我们中国当代的教育塑造不了这样的人，我们的教育是有问题的。”孙郁指明了这种局面出现的原因，笃定又无可奈何。

（摘自凤凰网 2016 年 1 月 8 日）

其实，孙先生说的正是我一直也想说的，还有，假若这本书真用《梅花三“录”》的书名出版的话，俺这个“三录”

中的“肥瘦搭配”恰好能弥补孙郁老师所感叹的不足，因为这部书中的“一录”《养鱼心经录》正好是上年度本人完成的最新“创作”，而另外的“一录”哩，正好是本人仿冒“学者腔”写的文学批评文章，本人将二者捆绑在一个“集子”中的本来目的，起初是怕出一个单行本“养鱼”太单薄，也太浪费书号了，于是用另外两个“小录”为其垫背和壮胆，好在众多厚实的书群中显得不特寒碜和瘦骨嶙峋——现在由于“书号”是个商品样的东西，是介乎有价和无价中间的稀罕物，现在人在出书的时候，很少能像书号全无商品价值的鲁迅时代那样，用薄的不能再薄的几本不足三五万字的小册子单独成书、单挑地让文章刊行于世，因此，自费出书的俺总喜好在一块“硬菜”的前后包裹上两块混搭的面包，好让全书也能像三明治一样的显得既实惠又敦实。

绕来绕去之后，我无非是想说，孙郁老师的关于当代学者“基本上不懂创作”的那两个“基本”二字，有时候也能被俺这种“基本上搞创作、偶尔做做学问”的例子，给倒拧着“基本上”注脚一下。但说实话连我自己也弄不太清，自己这种案例最终能证明的，又是什么呢?

至于孙郁老师说的“当代批评家很少会用艺术鉴赏的方式来批评文本”，也正是我的切实感受。不会创作的人对别人的作品评头论足，非常像不能肚子大的男人不了解孕妇的真实感受就说三道四。不信你读读那些所谓“当代著名评论家们”的批评文章，说的不是又臭就是又长，但读来读去，明明语法没错、用词没错甚至——观点都没错，错就错在说了半天等于没说，因此读着不是乏味就是空洞——使用的都是“非艺术语言”嘛。当然，要求每个搞评论的都会文学创作是不可能也不现实的；本人想说的是，文学之门原本乃兴致之门和爱好之门，是专给一些基本情趣具备者预备的，凡死命钻进来者，本来就该是“闻腥而来”或“瘾君子”类的人物，来得太勉强或太牵强了，不仅入错了门道，且空废了“卿卿们”珍贵的性命。

（2016 年 1 月 9 日）

为什么当代学者批评家都不会创作了（之二）

晨读完《罗兰·巴尔特最后的日子》（中国人民大学出版社，2012），恰好为昨天提出的问题提供了一下新的例证：20世纪法国最著名的学者兼批评家巴尔特憋了一辈子的劲想写一篇小说，但直到“最后的日子”也没能写得出来。他40岁想写、50岁想写、60岁想写，想在“零度”以上写（他是“零度写作”理论的始创者）也想在“零度”以下写，想在做爱的时候写（他是个同性恋），也想在不做爱的时候写；想写做爱的故事，也想写不做爱的故事（他的半理论半随笔著作《恋人絮语》就是以同性之间的爱为灵感写成的）；他想在因“零度”理论的发明如日中天的时候写小说，也想在花甲之年过后日薄西山的残留岁月中写小说。他屡次大声宣告：“我就要写小说了！”以及“我真要写小说了！”他连小说的思路都整好了，也对外无数次地披露了，他为他的日思夜想的“小说”不知设计了多少个开头以及结尾，他甚至都动笔写下第一行了，他还竟然相信他生活中唯一的女性、他“妈姆”（母亲）的去世是他从不能写小说到能写小说状态飞跃的一次千载难逢的“痛苦的机遇”……但是，结果你们也该猜出来了，直到64岁巴尔特被车撞意外身亡那一刻，他的那篇（本、部）小说，还是没能被他亲笔写出来。

看来本人必须在每一部评论别人小说的集子的最后部分，安放上一篇和《养鱼心经录》相仿的本人在该年度写成的新小说，作为评论集子里最后垫底并能证明本人挺会写小说并写得十分轻松的那块“压舱石”。

（2016年1月10日）

法兰西公学和大秦国的“四方馆”

《罗兰·巴尔特最后的日子》说到的那几位大师——法兰西公学讲台上吐沫星子横飞地宣讲着他发明的“零度写作”理论和符号学新思路的巴尔特以及共同在“公学”共事的划时代思想家福柯——你哪怕随便想象一下那种讲学盛况，就不得不佩服法兰西这个新思维荷尔蒙肆意汪洋的国度，同时，还能让你产生一种对远古中国思绪动荡的战国时代的怀想。没错，我想到了当红电视剧《芈月传》中大秦国设立的那个“四方馆”。它，也是个各类思想自由表达陈述争议迸发碰撞以及——在别人舌尖的刺痛中破灭升华的“思想会所”。那，不也仿佛是远古时代中国版的“法兰西公学”，不也好比是古希腊的议政厅，不也像极了当今时代一些“民主国家”常有的国会辩论的场景吗？然而，当秦始皇主导的“大一统”的格局形成之后，中国曾有过的“公学”——“四方馆”中那些男性喷薄放纵的“新思想荷尔蒙”就被格式化掉，就被规矩形式给“去势”掉了而不再兼顾罗丹雕像般能手撑腮帮子终日苦思不得其解的Thinker（思想者）的角色和职能了。

现实中的例子就足以证明，现代文学批评理论的“第一作者”们：福柯、巴尔特、德里达等都出身于思想的同性异性时常喜好“乱交”的法兰西公开大讲堂，尽管他的思想、理论有时也极其紊乱并非常“色情”（《恋人絮语》嘛！），有时也不成体统杂乱无章，有时甚至压根儿就是胡思和乱想，但过后经一些随其身后亦步亦趋的“后学者”们的“精加工”（梳理归纳和提炼），人们往往会意外地发现：它们的理论价值和存在的意义竟然绝不逊色于被诺奖获得者屠呦呦“再发明”的能救人的青蒿素——有时候我们在大脑里，不也会打令人痛苦难耐的精神摆子么！

（2016 年 1 月 10 日）

从作家的荷尔蒙说到2015年的黄色文学

有趣的是那个喜好“性”的大文艺批评家罗兰·巴尔特，20世纪70年代曾抱着对红色中国的好奇心来过一次咱这边，但他对中国的印象不佳，理由是中国没有公开的性爱——那时代的中国当然没有他所说的“性爱”啦，连两性间的自由恋爱都像地下工作似的，何况他所追求的特殊喜好？因此，巴尔特就带着一颗没尽兴的心回到了他的浪漫自由得一塌糊涂的法兰西国度。

说到2015年中国文坛上的“黄色作品”，不由得想到了余秀华的诗《穿过大半个中国去睡你》以及冯唐因为在泰戈尔的《飞鸟集》中插进了一条阳具、译著被全国下架的著名事件。不公平的是虽然两位作家都有“涉黄”的嫌疑，但最终所受的“待遇”却不太相似，一个诗集大卖特卖，一个译文被匆忙取下。和“成人作品”合法地大行其道公开出售的法兰西不同，中国的作家想写那方面的事情总是要遮遮掩掩和小心翼翼的，总是在玩着一种小型的“博弈战争”，和谁？和出版的尺度以及社会的容忍度呗！那尺度和容忍度就好比猫的鼻子和胡子，喜好“涉黄”、体内的荷尔蒙太旺的“写手”（作家）们如同用小爪儿玩猫咪胡子的公母老鼠，只要爪儿伸得离猫胡子太近或把猫给惹急了惹烦了，就会被猫一把薅住并由此小命休矣！但只要哪位老鼠的逗惹技术高超，就会被周边围看的观众（读者）满堂叫好，作品也能因之大卖。

写性的作家本人并不腻烦，食色，性嘛。本人腻烦的是除了性之外别的不太关心或者三行字不离阳具的作家——就比如冯唐吧，有个网民对他批评的比较恶心，说冯唐脖子上方是整个一个大阳具，本人坚决反对他这么说，这简直就是人身攻击嘛！但一个作家无论写什么都“涉黄”的话，我担心哪天中国像法兰西一样也容许在大街上公开贩卖“成人刊物”、哪天吾国的“道德猫警长”们也统统撤岗的话，那时候大家再也不用遮遮掩掩捉迷藏了，那么，冯唐类“喜黄作家”的“作家”称号的神奇性是否就值得商榷了？我猜想那时候肯定会涌现出成千上万比脑瘫的余秀华更能“睡”会“睡”和比冯唐大夫更会逼真描写生殖器官的“写手”来，那么，那些人不就更比他们有被称为“作家”的资质吗？

说到作家冯唐的出身，莫忘冯唐先生是某著名医学院校毕业的“医学博士”，由此，我暗自庆幸冯唐没当成职业医生而是当了商人和作家，你想呀，倘若满脑子充斥了“性”和“阳具”的冯唐先生是个身披白大衣的“白衣天使”——

尤其是妇产科大夫之类的话，那么，将是多少女性患者因“摊上大事”而感到悲催羞耻的呀！

（2016年1月10日）

《斯通纳》果然是块禁摔打和品玩的“石头儿”

去年年末在北京燕山出版社和编辑小王老师聊到年底风行的《斯通纳》，我戏说那个写“石头儿”（Stoner）的人（约翰·威廉斯）活的时候安静得像茅厕里一块傻石头似的，书也没人买，只卖掉了区区的2000本——这和本人绝大部分的作品的“卖相”差不多，然而自他死后的第十个年头，《斯通纳》忽然时来运转，成了全球风靡的畅销书，而俺的书（已经出版的都17本了，总共20多本）哩，兴许哪本也会在寡人（《芈月传》中学来的）驾崩后像威廉斯的“石头儿”那样把人间的阅读世界砸个大窟窿。小王老师听后顺嘴说了一句极其勉励俺的话：“齐先生，说不定不用‘那种的’10个年头，过不久，您就是块‘Stoner’了呢！”我窃喜道：“小心，那可就不是一块石头了，而是二十来块呢！”

夜以继日地读完《斯通纳》后，不由得叫好！正如书的宣传用语所言：“第一眼故事，第二眼经典，第三眼生活，第四眼自己。”于本人来说，这个顺序应稍加调整，是“第一眼自己，第二眼生活，第三眼故事，第四眼经典”。首先，本人的职业（目前的）和书中那个“斯通纳”是“私通”的，他是高校教师，本人也是，他一辈子教了40多年书后还是个“助教”，本人教了12年书后连个正式的“助教”都不是，只能用“客座”二字自我安慰。其次，威廉斯是个写小说的“教授”，本人也是。并不是凡教授文学者就写小说，大学教授中的“小说人”所占比率极低（原因可从法国人巴尔特那里寻找），因此本人读着这部《斯通纳》的时候，心思就是一块不折不扣的“石头儿”，是和书里的那块“石头儿”血脉相通的——何况写“石头儿”时候的威廉斯和本人一样，面对的是一个一模一样的手下文字出版后总是打不破“2000本”的发行魔咒呢！

感谢杨向荣的高超翻译，《斯通纳》读着的感觉颇似曹雪芹笔下的《石头记》，那么的有才气、流畅，也那么的和“教师生活”“贴身”。写什么能写的“贴身”了，就都是性情和文采的表现，《斯通纳》能让你不用什么“故事”（主人公身上并没什么“大故事”）就浩浩荡荡惊心动魄。其实谁的生活不是既“惊心”又“动魄”的呢？无论是“少帅”（张学良）一样的将帅，还是街头摆地摊的小小商贩，再或是大学里夹着真性情的尾巴谨慎为人“师表”的教书先生，谁的生活中都有相对于自己的“大事情”，都会有过不去的“坎儿”，也会有顺风顺水的小风流，那些鸡毛蒜皮的小事和肝颤胆泻的“事件”，也都会让你时而提心吊胆，时而欢呼雀跃——只是不同的人在不同层次上感受有别罢了,但“层次”真的存在否？本人认定的是：非也。众生终究平等，不同职业不同境地中存活着的人们的生活感知只要是真真切切踏踏实实的，就有的写，就有的表，就有喜读的人，最终，就会发生《斯通纳》这般的既绕开了著者的生死玄关又打碎了时空藩篱、“绕地球”风行不息的“图书欣赏奇观”！

（2016 年 1 月 20 日）

顾彬并不只是个会念经的外来和尚

顾彬，这个德国“汉学老头”的“走红”，堪称现今中国文学界和学界的一个奇特的“现象”和一道好看的“风景”：只见他一人单挑，像欧洲骑士那样面对由全体中国作家、学者组成的“军团”叫板、叫阵，指着对方的主将们破口大骂，说：“尔等都是垃圾！”我方当然不服，说：“你小子算是老几，胆敢戏弄我等大师！”但仔细一瞅，发现对方是个洋鬼子——还不是假的那种，于是，有些人就对顾彬的话信服了、当真了，寻思着：“莫非我们中真有垃圾？但那垃圾显然不是我，而是他（她）……”于是，就将“找垃圾”的眼神，投向了身边的除自己之外的作家和学者。

这种“顾彬现象”挺好玩也挺让人深思的。好玩，是因为你倒过来想象一下，假如一个中国人以外国人的身份到顾彬的老窝德国去先把德国的文学界仔细研究一番，然后宣布：“尔等和尔等的作品统统是垃圾！”那么，德国学界和文学界人会咋看、咋想、咋议论呢？假如他像顾彬说郭沫若的作品除了《自传三部曲》之外啥都不是那样对歌德的作品横加指责，莫说德国人会对他的挑战是否会认真对待，就连那个敢说“德国垃圾”的国人的胆识恐怕还在酝酿当中嘞，由此有人会说会想（也包括我自己）：顾彬的这种敢对中国的文学界、学界指手画脚评头论足并如入无人之境的行为，肯定是一种西方人的傲慢和吾人的至今还以外来和尚为师的自卑心态的作祟，肯定是一种新时代的文化霸道和霸权……

看完顾彬的《德国与中国：历史中的相遇》（广西师范大学出版社 2015 年版，是顾彬在北京外国语大学“汉学”课堂上的授课记录），对“为何是顾彬”的问题又有了一些新的反思：这部书真让人耳目一新，它视野广阔，思路新颖，既扎实又博学，将几个世纪中德关系和文化交流碰撞的历程像画面一样全视角展开，对“中德两大阵营”中人物的批评和褒奖客观可信而不失幽默风趣，从字里行间，你能想象那个课堂中的“德国老头儿顾彬”虽年迈却童真未失，既是个性情中人，又不缺德国学者专有的“极端严谨”，因而他说的话和他对人、物的评判都是经过了仔细的“调查研究”的，有的话你不得不信也不敢不信，除非你能拿出反驳“老顾”的凭证。再细想一下，鲁迅、郭沫若等现代中国作家的“偶像群”之一就是德国作家圈，郭沫若再“牛”也“牛”不过他的师傅之一——歌德，而顾彬正是从歌德老家来的“外来和尚”，在咱这边算是正宗和正统，算是掌握了一定“原始话语权”和“裁判权”的，因而顾彬的话听起来往往有一种

“从根子上说”的感觉和幻觉，虽有些逆耳却令人耳目一新振聋发聩，这是由于他个人在研究上刻苦严谨和他性情上的“想说、敢说”，同时，也是因为他沾了作为中国近代文学源流之一的他的“老家德国”的光吧。

（2016 年 1 月 25 日）

几种破解顾彬“垃圾论”的法子

-

顾彬对当代中国文学“全面否定”的“垃圾论”自从抛出来后的确让中国活着的作家们先莫名其妙；接着不知所措；随着附和认可、随着用“我（你）真是垃圾？”的眼光观看彼此。再然后呢？就不觉有些失落了。要说顾彬的战法是挺绝的：其一，倘若他是从太平洋的大溪地岛屿上游来，上岸后大呼中国文学都是“垃圾”，或者从正战乱着的叙利亚呀索马里呀什么的地方逃来，登陆后说你们的文学都是“垃圾”的话，那么，中国人可以笑着回一句：“你们的才是呢！”或者干脆一笑：“你说是就是呗！”不幸的是顾彬是从歌德的故乡德意志来的，是中国现代作家（包括郭沫若的）曾经被“怀了春”（《少年维特之烦恼》中开头语：“哪个少女不怀春”）的国度，用形象点的话说：中国现代文学的许多作品是从德国文学那强悍的身体中借来精子后才受孕分娩的。因此眼下，当来自那个“启蒙老师国度”的顾彬教授指着所有中国当代文人的鼻子说“你们产生的都是垃圾，都是次品”时，他这话，听后咋感觉都像是一句“此人有后台”的言论，而那个“后台”，其实就是曾经被咱们效仿过当下也仍然被国人敬畏和膜拜的德意志文学。

顾彬这种“统统是垃圾”的说法之所以挺让人难以对付的，是因为他似乎一下子就把自己抬升到了掌握着“最高尺度”的“最高裁判长”的位置上，他从珠穆朗玛峰的顶上朝下观看，看谁都似乎比他的高度藐小，似乎按照他的标准，中国作家最好的宿命和能做到的极致也只是“我的作品不是垃圾”，仿佛压根儿就没有比“不是垃圾”更好的结局。实际发生的故事也正好是那样：自从顾彬教授的“垃圾论”发表之后，顾彬不但因此成名了，有许多“特别贱”的中国作家，还排着队上赶着央求顾彬评论自己的作品，想得到一个“这部不是垃圾”的“好评”（顾彬在《德国与中国：历史中的相遇》对此有所描述）。对之，顾彬教授一般不屑一瞥，他口无遮拦目空一切，说翻译过《少年维特之烦恼》的郭沫若的作品“不咋样”，说莫言的作品“不咋样”，那么，中国人创造的作品中，究竟哪些不是垃圾呢？印象中顾彬只承认和推崇鲁迅和丰子恺的作品，总之，仅极少数而已。

我仔细寻思了一下，其实，想攻破顾彬“垃圾论”的魔咒并重拾回中国人写作的自信，从逻辑关系入手的话并不难，因为但凡先找到良好的自我感觉然后用“全盘否定”的法子批评他人让他人感到无所适从的“垃圾论者”，惯常采用的“手段”就是不会轻易告诉你“什么不是垃圾”，他们只展示给你否认一切的态度和贬低判定的结果，却从不轻易给你他们批评别人的尺度和标准，从不轻易告诉你“正确的代表”究竟该是怎样，就好比手指着满大街正在步行的少女，说她们都是“丑八怪”却不告诉你美人到底应该长什么样应该以谁的长相为标准判定美人似的，因为那么一说，比如说美女就该长得像闫妮、姚晨（《武林外传》中的两个女主演）那样，他所给出的“样板”就很容易被别人攻击和否定了，人人心中有西施，凭啥西施就是她闫妮、姚晨呢？因此，和“全盘否定论者”对垒的法子之第一，就是逼其将他的“不是垃圾”的样板给亮出来，你就不妨试问顾彬教授：（1）你心目中垃圾和非垃圾的“分类法”——文学评判的具体标准是什么；（2）请举例说明，你认为哪些人和哪些人的作品不是垃圾而是最优秀的。我猜——从《德国与中国》这部书中顾彬的态度上——顾彬肯定会将他母国（而不是他所批评的美英）的作家和作品“供”出来，说德国作家和作品大多是好的，是精品极品，换句话说，顾彬在否定别人的时候身后为他“站台”的、他所使用的“高大上参照标准”在极大的可能性上，就是德国文学，“伟大作家”和“好作家”就是歌德和席勒，就是写《魔山》的托马斯·曼，就是写《铁皮鼓》的格拉斯。那么好，以下要做的就无比简单了：咱们中国作家和评论家该做的就是反其道而行之，就是直接将歌德、席勒、托马斯·曼和格拉斯等人先一簸箕铲起来后，像大扫除时那样先说他们（作家）和它们（作品）是毫无价值的“垃圾”，然后一下子——按照给“垃圾”分类的文明法子——“哗”地倒进“可回收”和“不可回收”“有机的”“无机的”垃圾箱子（坑）里——不就行啦！

说啥？你敢把歌德说成垃圾？你是个疯子！首先攻击我的，我想肯定是那些被顾彬贬的连“垃圾”都不如的国内作家和评论家们。我于是反问：反击一下为何不可呢？既然作为“中国歌德”的郭沫若在顾彬眼里都“啥都不是”，那么，你迂回一下，不用咱的弱项用强项，不用现当代人而用中国古人的尺度，用德国文学还没“入侵”华夏之前上古中国的、被德国人奉为神圣经典的老子的《道德经》（顾彬说《道德经》在德国光译本就达两百多种，其中也包括他译的一种）的标准来衡量评估一下“德国文学”的话，那么，歌德的《浮士德》又算是什么嘞？歌德想用12111行冗长啰嗦的诗句说清宇宙和人类精神上的事情，却还不啻咱们老子用5000汉字说得明白，那么，5000字之外的，难道不能算是毫无用途该丢弃的“垃圾”么！接着，你再用李白诗歌的超级浪漫、用杜甫诗歌的无尚情怀去比较席勒的诗、用《红楼梦》的“高大上”去比较托马斯·曼和格拉斯的小说、用小人物“齐天大”（俺）杂文的“辛辣”去比较顾彬老师在《南方周末》上写的那些豆腐块文章的“无味”（嘿嘿）……哦，还有一个更好的“德国垃圾”证据，那就是将德文和汉语的发声做比较：同听起来仿佛“大珠小珠落玉盘”般有韵味、有着四声明显分别、朗朗上口的汉语口语相比，那浑浊不清、如“大弦嘈嘈”的德语口语，听起来难道不像是在往垃圾箱里倒东西的响动吗……哈哈，如此操作一番之后，德国文学的“垃圾魔山”的全貌就暴露无遗地显现出来了，这样做好玩吧，这样做长咱的信心和脾气吧？！

（2016年1月26日）

俺发现了一种新型的“巴托比症候”
——从冯骥才老师身上

每次去天津都喜欢看那些还没被拆毁的西洋建筑，也都会从内心感激为保护它们不被破坏而呕心沥血过的作家冯骥才，这自不用多表。想说的是文学本身的事，缘由是看到了《北京晚报》本月22日《书乡》栏目中对“大冯”老师的一次访谈，访谈汇报中说“从非物质文化遗产到传统村落，他致力‘抢救’工作，涉猎广泛，干什么都停不下来，与此同时，‘欠文学的时间真是太多了’（冯骥才语）”。具体说就是大冯老师每年大部分时间都在作为一个“知识分子”而不是作家致力于文化保护的工作，难得抽出时间写小说，但即便在百忙中动笔续写他擅长的“俗世奇人的故事”，他也仍然将之写得非常之好，仍然“笔头还那么健”（作家迟子建的赞叹）。

冯骥才老师在我看来——当然仅仅从文学的角度来看，得的是另外的一种“非典型”（变异了的）的写作上的“巴托比症”，按本书前面所表，“巴托比症”的症状就是一个作家再也不想写、再也写不出来作品了。在我看，“巴托比症”还有一种表现，就是即使写了也突破不了自己原来的套路，也老是“故伎重演”，老是在原地上兜圈子，那就和“老毛病总犯”似的。“大冯”作为一个“作家”已经多年没有新作，通常一被人问及新作就使劲把话题转移到文物保护上面，当然，按“大冯”给的说法主要是没有时间，何况自己的时间没有“胡乱去哪儿”呀——都去做文物文化挽救的事了。即便是那样，我也认为冯老师脱不了“再不想写和再也写不出来”之嫌，因为真的想写的时候——写过书的人都知道，是不写不行或者不写就活不成的，世界上真正的不朽之作在被创作的时候大都是那样，最典型的例子是郭沫若写《女神》时候在大地上的痴情匍匐和撕心挠肺的抓狂，要么写，要么死，写不出来就吐血蹬腿了，那一刻只会留给文学创作，要不然就一命呜呼了呀！那才是真正文学佳作、不朽之作产生的最佳状态。我想冯骥才在二十世纪八九十年代自己文学创作的“喷薄期”来临的时候也一定有过那种“不写不行”的高潮体验，而这些年写的不多的主因是高潮不再和一种恐怕连自己也没意识到或者不愿承认的写不出新意的无能为力和无可奈何。也就是说，写作的“巴托比症”无情地传染了作家冯骥才支配了作家“大冯”。既然不写了，作家的专注力只得投向社会文化的公众事业之中，当然，于文学那是一种损失，于社会那是一个福音。由此说来，冯骥才创作上的几乎止步不前倒是天津文物保护事业的一个难得的契机，作家不在纸上写作了，他将一个巨大的城市变成了写作的稿纸——这伟大意义当然无需论证，本文只关心文学上的“难产现象”——“巴托比症候”。于是，按照本人给“巴托比”的那个延伸的定义，冯骥才即便前些日在“百忙中”抽空为《收获》续写了18篇“俗世奇人”，只要叙述手法和他早前的“奇人故事”没大区别，哪怕那些人写的多么的出奇，写作得多么的得心应手，写作时笔头多么的“健”，严格地说也都是自己旧写法的新重复，也都没有什么重大的原则上的根本上的突破，也都表现出来写作上的可复制性和套路性，要之，也都是止步不前，也都是“巴托比症”的老病重犯。可见，“巴托比”是一种拥有多么漫长潜伏期的、多么不易被作家自己察觉发现的，即使被“文学诊断医生”深度怀疑并苦口婆心指出之后作者本人也很不高兴，也不甘愿承认的一种疑难绝症呀，尤其是像冯骥才老师这样的被包括本人在内的众多的读者爱戴尊敬的作家，承认自己真是写不出来能突破自己旧作的新作，对于他们来说几乎是不可能的，不信，咱试着请“大冯”慷慨一把，请他把2016一整年留给文学，年底交出大作，可否，愿否？

（2016年1月26日）

那些用非人视角写的小说

有些人不用人的眼光而是用非人的视角看这个世界并将之写下来，这挺有意思的。记得读过当代著名作家李洱的一个精彩绝伦的小说，用的眼光——打量这个星球的，就好像是条狗，不过，详细的情节被我遗忘了，比如究竟整个小说都用狗的口吻写呢？还是一半是狗的视角、一半是牵那条狗的主人的视角。

第一次读到这种“另类视角”小说是夏目漱石的《吾辈是猫》，那是三十多年前的事情了，当时的感觉有些怪怪的，过后才知道《吾辈是猫》在日本文学中可是名著。日本人研究什么都非常精细，有一次在电视节目上，他们还特地到夏目漱石写《吾辈是猫》时的那个宅子里，将摄像镜头调低、调到“那只猫”——当然它已经随着作家故去了多年——的“低姿态”，模拟地在作家的家中生活玩耍了一番，借此还原 20 世纪初一只猫眼里的那个世界，其中的人和物，其中的恩怨和是非，其中的爱和不爱，等等。当然，后来那只猫的眼睛也随着它的故去而“失明”了，不仅它看到的景物和那些能勾引它的食欲的耗子们都死光了，夏目漱石夫妇也死了，能永久活下来并活下去的，只是《吾辈是猫》这部小说。

手头刚读到一半的，是英国人彼得·梅尔写的《一只狗的生活意见》（*A Dog's Life*，海南出版社 2015 年版）。初读起来挺好玩的，感觉作家似乎就是一条“真狗”而不是“假狗”，将自己的一切都先想象再“情景再现”成了一只宠物，比如狗是怎样饥饿的，是怎样和主人们斗智斗勇的，等等。由于表现得太逼真，容易让人产生一种那个彼得·梅尔自身就是一条狗的错觉，好在他笔下的那条狗时不时煞有介事地提提法国大作家普鲁斯特的名字，说这时候普鲁斯特该这么想，那时候普鲁斯特该那么想，好像人类如果不会像普鲁斯特那么想想问题的话，就连狗的思考深度都难以达到似的——这当然有些矫情和做作，不过，这倒是能帮你打消作者本身就是条真狗的那种幻觉。

昨天《光明日报》的“光明文化周末”栏目中有一篇作家薛舒写的小说《拉米之路》，读到小说的末尾我才发觉被作者骗了，因为直到小说的最后一段“主人公”才揭穿了自己，说：“是的，现在，你终于知道了吧，我是一条流浪狗……”难怪，难怪从一开始，那个小说中的主人公（应该叫“主狗公”或“主犬公”么？）用那么色眯眯的眼神打量着异性小朋友“拉米”，对拉米胡思乱想，还时不时对米拉进行色情袭扰并在得手后死活想让他心目女神一般的拉米和他一同到天涯海角去“继续流浪”——正由于他老说想流浪想流浪的，我一开始就把那个“主人公”误认为了一个“男诗人”，因为20世纪末的男诗人们（比如顾城之流的）最通用的勾引女色和文学女青年的法子——听起来似乎也最浪漫的，就是牵着她们的手号称要到天涯海角去“流浪”，去做一个压根儿就不着调儿的“流浪者”；那时候有的女青年还真的跟着那些个诗人们流浪天涯海角，比如到新西兰的荒岛上。但是，而今时代不同了呀，当代的诗人们早已很物质化，精神上流浪不流浪也难以判断，至少在物质上不太想当“犀利哥”流浪了，都买车买房了嘛。因此，那个“主人公”从故事的一开头就吵闹着拉着拉米陪他四处流浪，让本人这个读者始终跟着纳闷揪心：善良的拉米姑娘可别脑子进水，可别上这个“诗人”的当，但读到结尾时我才恍然大悟：原来和拉米搞对象的不是个诗人，而是条狗，一条流浪犬，当然“米拉姑娘”呢，是条母狗。

巧了，上次讲到被德国顾彬教授最认可的为数不多的中国作家的时候，还说到了画家兼作家丰子恺。前天从书架里跳出来了一本丰子恺写的薄薄的作品集子，正好接到手中阅读，书中有一篇短文《伍元的话》。猜猜是写谁的？谁是“伍元”？啊，原来如此！当我读到文章中的另外一个“人物”。“伍元”的一个好朋友、一个名叫“十元”的“人物”时，才知道这个“伍元”压根儿就不是人类，它是一张纸钞票，是钱。丰子恺在用“五元钱”的视角叙述故事，在看大千世界，嘻嘻，好玩吧！

从动物的眼光（视觉视角）到物（钱、钞票）的眼光，作家们在虚拟、思想、描述这个世界时所用的“离奇手段”可谓各个别出心裁，有巧妙的，也有拙略的；有在文章开头就开宗明义告诉你他（主人公）是猫是狗的，也有和你“躲猫猫”想拿你取笑诱你受骗上钩的。但有一点在他们的这类作品里是一致的，那就是告诉吾等：其实我们人类并非是这个星球上的所有和一切。

（2016年1月30日）

是盖茨比了不起还是天才的编辑了不起

昨晚在大剧院看英国NBT表演的芭蕾舞剧《了不起的盖茨比》的时候，一边为舞台上那美轮美奂的舞蹈所陶醉，一边回想起了一个人，那人既不是舞者，也不是“盖茨比”一书的作者，而是一位编辑、那本广西师范大学出版社2015年出版的《天才的编辑》故事的主人公麦克斯·珀金斯（Max Perkins）。他，曾是一家出版社的编辑，正因为有了他的助推，才有了《了不起的盖茨比》那本书的问世和红火，也才有了我眼前虽模糊不清（本人坐在三层楼上）却在望远镜中显得神乎其神美妙得不可言喻的“美人们”（男女舞蹈家们）的忘乎所以的狂舞。

本人出于惯有的习性和写书风格上的顽固，很少在文中正面夸赞过哪位，当然，被本人用文字讥讽和“调戏”的人主要是作者自身——也就是我。我想说的是，我向来很少说别人的听起来咋听都言不由衷的“表扬”的话，更不要说对拙著的操刀手编辑们说了。正因为此，以下我想说的对那位伟大编辑麦克斯·珀金斯的奉承话，都注定是真心的。

珀金斯之所以伟大，倒不是因为他的名字容易和“帕金森”听起来混同，而是因为作为一个编辑，他“助产”了写“盖茨比”的菲茨杰拉德，他还“催生”了写《太阳照常升起》的海明威。那些个作家和他们的书在没碰到珀金斯之前，或许只是一个等待受精的卵巢，是这位本身就有着作家潜质的编辑从他的脑子里“喷”的一下子投射出去的灵感的“精子”，将那几位原来可能根本就不可能怀孕受孕的、原本只是故事胚子的卵子，给激活了，给注入了生命的胚胎，最后，那几位作家再玩把子命、再努了把劲、再舍得一身子豁、再在产床上痛苦挣扎一阵子之后，最终“咔”（东北方言）地一下子，就把带着脐带和胎血的那几个孩儿们给生产下来了，它们的名字就是《了不起的盖茨比》，就是《太阳正常升起》，而在孕育期的哇哇呕吐、在孕妇呼号着“啊啊”喊叫、在脐带还死缠着连接着母体、在婴儿老是嗷嗷叫嚷的那一系列艰辛难熬的过程中，我们那位天才而伟大的编辑始终就一动不动地站在作家的身边，为他们（作家）做心理咨询，为他们指明生产的方向方式，为他们亲手接生，为他们独自引产，直至，为他们的新生儿（新作品）的问世闻名而四处奔走（推销推广）。这个周期虽颇似孕妇的生产，但一本书的生产过程往往比孕妇的生产周期更长，最长的可达数年之久，其过程往往险象丛生前景难卜。由此可以说，“天才的编辑”们不仅是天才的作家和伟大作品的创作思路的打通者，还是作家原始才华的发现者和发掘者，更是创作过程产生出来边角废料的打磨者和处理者，他们的作用或者像妇科儿科大夫，或者像助产师，或者——如麦克斯·珀金斯那般“天才”的，甚至于一部名著，就是一个如同生父的和作家进行过身心“最亲密接触”进行过心灵和身体剧烈“床上运动”的传精者。

（2016 年 2 月 5 日）

丰子恺的童话远不止是“童话”

在猴年大年初三浓浓的“猴气”中，终于读完了海豚出版社2011年出版的丰子恺的《博士见鬼》，正好，“猴气”中也有点“鬼气”。

丰子恺是被德国汉学家顾彬教授喜欢的为数不多的中国作家之一。由于近日《丰子恺全集》的出版，有人说2016年应该是“丰子恺年”。远在去年羊年的年根儿上开始读丰子恺的这本童话集子，它只有六万字，虽然它属于“儿童文学”，但读着读着我就开始纳闷：这哪里是童话哟？尤其是那篇“大人国”，那分明是借着儿童的性情写就的一个短篇小说式的《理想国》和《共产党宣言》嘛。你看，他说有那么一个国度，那里什么概念都和咱这里相反，比如把物价“涨”当成“跌”、把福利的“利”当成“害”、把“吃亏”当成“便宜”……还有，在那里，学校的教师们到政府衙门去闹事时强烈要求国家降低（而不是提高）自己的工资……依此类推，总之，凡事都是满拧着的。那么，你把“大人国”这种“样子”放大到眼前的中国，用那种劲头推演“今天的故事”的话，就会有类似这种好玩的事发生了：（1）在公交车上，老年人一见年轻人就死乞白赖地让座；（2）开奔驰的使劲给骑电动车的让路；（3）人人都不喜欢做官，即便做了官位，升得越高越哭鼻子，比如部长到总理那里吵闹着要当局长、局长哭着喊着偏要当科长股长；（4）北上广的房价比三四线的低十倍；（5）博导给弟子打洗脚水（当然不是男博导给女弟子打啦）；（6）王健林、马云等大富豪人人的梦想都是从中国的首富排行榜上一下子出溜到底、好到地下通道中当卖唱的“西单男孩儿”。国际上哩，美国人特想一猛子“发达”到非洲索马里人的水准；猴年马月里，日本人蜂拥着到咱北京的王府井“爆买”中国产的马桶……总之，诸如此类的。

丰子恺的这部“童话集”完全可以挑逗起一轮“什么是童话”的严肃思考和讨论，反正，在掩卷反思它的时候，我认定它“不只是童话”。它既是小说，也是哲学，更是一种深刻的理念；它貌似“儿童文学”，却仿佛老子的《道德经》以及庄子的《秋水》，乃至卡夫卡的《变形记》。你能说卡夫卡的《变形记》只是一本“天真的童话”么？

“大人国”分明是一种不同于“乌托邦”的有几分喜剧色调的梦想世界。在它那里，被颠倒过来的是“逻辑”，是以词语的倒置为方法的思考方式，是认知方式的“头冲下”。但是，被它倒悬过来的绝不仅仅是逻辑和词语。丰子恺采用一种“倒栽葱”的方法为我们开拓出来的，是另外一种并不存在或者还未敢于真实存在的“一个新世界”的可能。

本人通常是不读当下的儿童文学的，郑渊洁和曹文轩的“儿童文学”都试着读过，但都不是特别满意。因何？恐怕是作家的“童心”仍没能修炼到位的缘故吧，他们的童话中的“童子”不是太老成太老谋深算了，就是清纯得过于清纯，甚至到了失真和假模假式的地步。我心目中的好“儿童艺术”的制作者应如已远在另外一个世界的（莫非他已经去了“大人国”？）丰子恺，或者还健在于“今生今世”的黄永玉（他笔下的猴子可爱极了！）和韩美林（八旬还和孩子似的天真！）。这类真正有赤子之心的“老顽童”是稀世珍宝，在千人万人中恐怕都难觅到一个。注意，“老顽童”们可是和那些老人院中一天天孩童气渐显的被称作“返老还童”的老人们截然不同的。“返老还童”是高概率事件，是一种普遍的生理和心理现象，那不足为奇。“奇”如丰子恺、黄永玉、韩美林者，是贯彻到人生各个阶段的“孩童儿”。在他们身上，童心从未丢失过，他们是大彻悟者和习得了“大道”之人，因此，他们是灰色石头世界中罕见的几块天然彩玉。

（2016年2月10日，大年初三）

黎巴嫩舞蹈家令我神魂颠倒

前天晚上大剧院那场黎巴嫩舞团演出的《一千零一夜》令本人神魂颠倒，因为它是本人目睹过的最美妙、水准最高的一场舞蹈。可惜，第二天北京的报纸上并没有跟踪性的报道，是过年期间报纸人都太忙了，还是去写报道的人不懂得舞蹈呢？和交响乐相比，虽然舞蹈并不是本人的最爱，但本人的见识还是非常广的，眼睛也还是非常“毒”（独）的，比如20年前我就曾在古巴的哈瓦那看过拉丁舞的顶峰之作：*Carnival*（嘉年华），那是一种绝世的色彩和激情奔放的大狂欢。还有每年我都至少在大剧院观看一场来自英美或俄罗斯风格的舞蹈，但无论是英国人干净利落贵族范儿十足的《了不起的盖茨比》，还是俄罗斯马林斯基剧院芭蕾舞团《安娜卡列尼娜》的优雅抒情，与来自中东的这个卡拉卡拉舞蹈团的令人叹为观止的舞蹈相比，都是小巫见大巫，都暗淡和逊色不少。

“这绝对不会是代表性的阿拉伯舞！”——《一千零一夜》的舞蹈刚刚开始，看到女舞者在台上那有几分火辣和几分放纵的表演以及非常“不严谨”的服装，我就那样寻思。我回想起去年夏天在阿联酋阿布扎比和迪拜看到的那些头部被黑色盖头裹得非常严实的妇人们的身姿，但一想到她们来自被称为“中东小巴黎”的黎巴嫩贝鲁特，我就放大了对台上舞者们的“开放度”的“预期度数”，直到将下半场里姆斯基《天方夜谭》伴奏的一大段“热舞”看完，我才意识到我刚刚目睹的一段舞蹈早已超出了它是不是阿拉伯的、它表现的情景是沙漠中的还是“非沙漠”的——那些都已经不重要了，就舞蹈本身而言，它应该是人类能够用肢体语言表现的最上乘之作、巅峰之作。

西方人的舞蹈最讲究和擅长的是腿部的语言，是下肢，比如芭蕾舞的足尖技术。与以前我观赏过的舞蹈中的绝品——比如俄罗斯人跳的西方舞蹈相比，黎巴嫩舞者将“能舞”的身体部位从下肢延展到了身体的全部，尤其是延伸到了上肢。他们（尤其是女舞者）的手臂和肩膀似乎能说话，有千万种姿态和“表情”，时而柔情似水，时而翻云覆雨。这，就将西方舞蹈和中式舞蹈的下半身轴心（中心）给彻底打破和颠覆了。换一种方式说，就是别人的舞蹈是用腿跳的，以下半身为核心，黎巴嫩的舞蹈上半身（肩部、胳臂和手以及眼神）才是中心，才是表现力最强的部分。这你能在头脑中想象吗？也就是说，他们的舞蹈是上下两组动作，你从头朝下看呢，是腿在跳舞，但假如你躺在舞台上脸朝上仰着看呢，他们的手臂也在“跳舞”，而且跳得更“风情万种”。正因为这样，他们舞蹈的时候身体的重心能压得非常低，比西方舞蹈要低得多，他们用被压低的身体的“底盘”操纵着四个能说话的身体部分：两条腿和两只臂膀，就如同深海中游弋的风姿绰绰的“八爪鱼”那样，跟随阿拉伯乐器的独特音响放纵狂野地做着令人头晕目眩千奇百怪的软体动作。没错，我所看到的他们，就是人类中的“八爪鱼”，就是拥有软体动物一样能百般塑形的人间超级尤物。

这本书的前部分提到过生活和艺术中的“视角”，讲述过人的视角和动物的视角，由此，我又联想到了另外一双中东地区的眼睛和那种独特的视角，那就是黑色面纱下面只露出两只眼睛的那些阿拉伯妇女们，她们在用怎样的一种眼光、眼神和感觉注视着这个星球上发生的一切呢？她们会怎么看同样是中东地区的黎巴嫩女舞者们如此奔放优美调情的放浪歌舞呢？她们本该是同文同种和同文化呀（即使不见得是同宗教）。

（2016 年 2 月 11 日，大年初四）

"阎肃老爷子"先走了

昨天著名的词作家"阎肃老爷子"去世了，禁不住私下祭奠一下。早在1998～2001年，我曾在与中央电视台咫尺之隔的梅地亚中心上班，在员工食堂的饭厅里常见一位头发灰白、总喜好身着一身淡绿色军装衬衫的老者和大家一起用餐。我寻思他一定是个家住梅地亚附近不愿在家开火的老人。印象中他老是独自一人闷头吃饭，也常见他在梅地亚中心一个人闲溜，其实，那位就是阎肃老先生。

"红岩上红梅开"：人的一生不也好比是一朵花吗？有的终身不盛开最多只是个花蕾和花骨朵；有的开得早些，却如昙花一现；有的开得大些晚些。阎肃老爷子那朵花从40岁开始绽放，他的花期蛮长蛮灿烂辉煌的，一直到开出了最炫目的86岁高峰高潮，然后再默默关闭。

阎肃一生中有两个"热点"令我玩味无穷。其一是1964年毛泽东看过歌剧《江姐》后激动不已，将阎肃一个人单独约到中南海去会面。那次见面时的情景是怎样的？他们都谈了些什么？那应算是两个"文艺工作者"的碰面和切磋。莫忘，毛泽东也是个大性情中人和大词人，他的《卜算子·咏梅》中的才情可绝对在阎肃的“红梅赞”之上。其二是6年前曾有一次全国80个媒体对被确定为“德艺双馨的全国全军重大典型”的他进行的长达三天规模空前的集中采访（《北京晚报》2月12日）；80家媒体在三天里只对一个人“狂轰乱炸”，你闭眼想象一下，那种“闭门集中采访”又该是怎样的一种独具“中国特色”的“新闻事件”啊！

（2016年2月13日，大年初六）

艾柯真的旅行去了，但不知带没带着鲑鱼

排着队似的，和中国的“阎肃老爷子”有几分相像的意大利“文圣”安伯托·艾柯前天也去世了。我说艾柯和阎肃有几分“神似”，是因为他们身上都有着一般老人没有的天真，也都十分的无邪；不同的是，一个是写歌词的，一个是写书的。

似乎万事都有着事先安排好的缘由：好久没看意大利语的新闻了，昨晚，我打开意大利电视台的网上直播观看，第一眼就看到了关于艾柯和他的《玫瑰的名字》的介绍，心说不好，难道这是在播着艾柯去世的新闻？细听细看，果然他去世了。

艾柯的《误读》这个集子前面还议论过，后来又赏读了他另外的几本书，最有趣的是《带着鲑鱼去旅行》——它现在就在我的手边。我边手抚着这本“有鱼腥味”的书，边看着视频中艾柯用意大利语和法语做的演讲和访谈。虽然不完全懂，但能聆听那个万众心目中的“书圣”用他的“家乡话”聊天，不也是一件幸事？

想不出还有几个像艾柯那样的“全知”的通才。据说他十分欣赏犹太人、怀疑自己身上有犹太人的血统，而我喜读他的书，恰恰是因为他不是个犹太人。犹太人的通才是毋容置疑的，你每读那些既“百科全书”又有独到见解的书——比如近来我读的史蒂芬·平克的、苏珊·桑塔格的。通常你一看作者一头花白的卷发外加长得有点像印巴人的样子，就知道他们/她们十有八九是犹太人。犹太人几乎是“思想家”的同义词，缘由之一是他们喜欢疯狂阅读：以色列民族平均每人每年读60本书，也就是五天一本，注意，那可是“全民平均”，也包括老少孤寡、智障人士以及那些在巴以边境同扔石头的小孩儿们用冲锋枪对峙的士兵。由此推断，那些以“知识”为职业的犹太学者的阅读量肯定是个更令人惶恐的数字，因而犹太人就成了全人类思考创新的“全部通吃式的代工者”——在这样的“严峻形势”下，能找到一个“非犹太”但能和他们比读书量比写作量比创新度比思考深度比人气“旺度”的，你用手拨了拨了全球的作家学者，像安伯托·艾柯这样的还真的不多。

年迈的大学者大作家大思想者大艺术家的离去带来的寂寞是无以名状的，有一种苍天塌下来一块的感觉，因为他们甩手一走，晚生者的“思想负担”就猛然沉重了：咱往后就要用自己的稚嫩的脑子想问题了，这就跟正月十五之前（今天是十四）家中的保姆歇了没人做饭开火似的。十五一到保姆会自然回归替我们点火烧饭，但艾柯那样的长者智慧者乐观者一旦走掉旅行去了——带着他那条鲑鱼——就再没有能代替俺们用他那种能和“萨德反导系统”媲美的能全方位环视分析思考然后精准回击这个悬念四伏世界中的危机的“超级智者”了，往后那些头脑里必做的思考的脏活累活，就得咱自己干啦！问题是通常吾辈的脑子容量没有艾柯那般的大，更没有他那般的睿智，加之懒惰，读的书也没人家多，因此要想“思想自救”，你我必须先往脑子里狠命塞书，你看人家艾柯，光家中书架上的书籍，可就有三万本嘞！

快乐的智者艾柯一路好走，带着你那条永久保鲜的鲑鱼！

（2016 年 2 月 21 日）

作词的厉害还是作曲的厉害

由阎肃的去世以及万众的悲哀，我想到了那个一直让我不解的似乎不该是问题的问题：究竟作词的厉害还是作曲的厉害？

本人历来对那些能写出压根儿你不知从何而来、令人过耳不忘曲子（旋律）的作曲家崇拜得五体投地，远的如贝多芬、柴可夫斯基，近的如为85版《红楼梦》谱曲的王立平。你说，那些古灵精怪般美妙的音调是从何而来的呢？从天上而来？是的，因为它们（那些音调）真是太不可复制了，它们仿佛是由一个神灵和某一位谱曲者先进行肉体上的婚配、过后产下的具有唯一性的幼子，一旦作曲家的身子不行了，生育的事也就莫谈，那路美妙的音乐就会断子绝孙。试问，这个时代的“老贝”“老柴”安在？正是这种不可重复性，成就了艺术和它们生育者的不朽英名——哪怕你生的时候再默默无闻再穷困潦倒呢！

由于写歌词技术上的门槛低——有张纸有杆笔就可，因此，词作者在本人的心中地位一直没有作曲者高，但似乎，阎肃打破了这这种格局。昨日在紫竹院散步时听一个老年歌唱团用参差不齐的嗓子高唱“红梅花儿开，香飘云天外”的时候，我不由得想起了在梅地亚中心食堂里那个坐在我边上“吃独食”的阎肃老同志。你那么一想再仔细琢磨，他的这个词的确也是“天外来宾”，其“优美度”并不亚于毛泽东的《咏梅》，因而，你不得不对那“老爷子”的才情佩服有加。

但不要忘记《敢问路在何方》的作曲者，他的名字叫“许镜清”，还有《红梅赞》的谱曲者们（共三人），他们同样也值得人们崇拜。好词配好曲，前后者都是天成，绝妙的文字和美丽的音符在空气和灵魂中发生了奇异的互动，那正是真正绝版的艺术作品。我是想说，绝版的艺术品的产生过程注定不是必然而是偶然的，是个“计划外产品”。它们永远不是顺产而来的，是可遇而不可求的，是个没想到的“美丽的怪胎”和大路货中的精彩变异，因而发生的概率极低。不是那样的话，因何阎肃的作品有千首之多，能留在紫竹院的半空和全国人民口中的也就是那么几首呢？从古至今的小说何止万万千千，又能留下几部如《西游记》的杰作呢？好故事被好作家（吴承恩）几百年凭想象扩充成一部口口相传的文学经典，那部经典又启发了一个词作者（阎肃）的才情，写出了一段不可多得的好词，再巧遇到一个了不起的作曲家（许镜清），因那三人跨时空的合力和合作，才在你我的口中留下了一段咋唱咋好听的“敢问路在何，路在脚下”！

（2016 年 2 月 21 日）

用莎剧《亨利五世》里的英皇对照《琅琊榜》中的梁王

下午观看英国皇家莎士比亚剧团的《亨利五世》之前，我先回忆着刚看完的中国电视剧《琅琊榜》里的那个“梁王”，并试图用欧洲的皇帝和中国的皇帝们对比。记得他（梁王）指着那个皇帝的座位对用一身正气指责他“无道”的儿子靖王说了一句令人怎么听怎么都会陷入沉思并感到几分担心恐惧的话：“只要你哪天坐在这个位子上，你也会和我一样！”

从权力的内涵和外延以及享乐的成分来看，中国的皇帝们身上的“附加值”似乎远高于西方的那些个“四世”“五世”们——甭管他们的名字叫做“亨利”还是“亚历山大”。中国皇帝那个位置简直是登峰造极，简直超出一切的关于“什么是梦”的想象范围：首先，因为要生育那么多能派到各地去行使皇权的王子们，中国的皇帝——哪怕你不喜欢——也必须娶一大堆，三宫和六院，也甭管你累还是不累，因为那是你重要的“政治任务”，只有你能完成那份责无旁贷的“分内工作”，你才是个肉体上合格的帝王，你的“江山”才不至于改名换姓。与之相比，英国《亨利五世》里的那个“哈尔王子”要低三下四地对被他率领的军队征服了的法王女儿跪地求婚，还必须事先苦学几句跛脚的法语，那多不像个皇帝!

报上说这次英国的国宝剧团在舞台上使用的都是莎士比亚写的原汁原味的英文，对之我抱着几分的“狐疑”——即使我并不是一只狐狸，因为那种英文并不太难懂，基本和当代的英文无异，观看时，你只要把字幕和演员的口型声音对照着看就行。这么说来，英文的口语在莎翁死后的400年间并无太大的变更，而这，就是伟大剧作家对保留和研究语言时代变异的特殊贡献了，因为你听着舞台上的话音就能推测400年前英伦岛上的人怎么讲话。还有，剧中为数不多但很是诙谐的法语句子我也能听懂，说明400年前法国人也那么在街头巷尾“鸟儿问答”，当然，能知晓这种两种台词的我在观剧时，内心有几分窃喜。

莎剧自然伟大，赞词不用重复，但每多看一个，就不由得看透了他惯用的那些套路：时而激昂澎湃，时而像演东北二人转或者小品那样来几个“幽默”的插科打诨，这时候旁人都笑了，我却笑不出来，还总在用托尔斯泰对莎氏的批评在脑中为自己不和众人同笑做着“理论上的解释”——太浅薄也，哗众取宠也。不过也难怪，莎士比亚本无托尔斯泰伯爵的“贵族情怀”，后者写作是为了解救自己和全人类的灵与肉，前者在故里斯特拉特福德（也是这个莎剧团的现居地）创作话剧的目的本身就是“商演”，就和赵本山小沈阳开办的“刘老根剧场”、郭德纲的“德云社”和“开心麻花”的演出基本别无二致，一句话，都是为了谋生和赚钱，演出时都要荤素搭配，要逗各种人——深沉的和浅薄的——一并开心。因此，《亨利五世》你看时，需要用看《剧院魅影》、看百老汇其他戏剧时的“平民心态”来玩味，来开心，来宽恕他们的“不深刻”，因此，即便觉得稍浅薄点，也就没什么了。

（2016 年 2 月 21 日）

每年一度的清波门小住

昨晚在“老家”“柳浪阁”楼下的水果店买葡萄时，男老板问我办不办张卡，我说问什么卡，他说打折卡，我说我办了没用，因为我住住就走了，他反而奇怪了：“你不是老来买水果吗？”我也愣了：“来是来，不过每年才来一次，我每年都在清波门这儿住几天。”“难怪呢，难怪我们都认识你。”他笑了，他老婆（女店主）也笑了。

这真是挺奇妙的。我每年来杭州南山路边“老家”（我曾当过房东的“柳浪阁”）边小住一次，时间一般都选在正月十五之后，选在“全国人民”过年的兴奋劲儿刚过和新学期开始前的一周。昨天出租车驶过“老家”门口的时候，我都看反了，我觉得它（柳浪阁）应该在右边，可它却在左边，然而，卖水果的这一对夫妇竟认识这个每 360 天才出现一回的老邻居，竟把我当成了“此地的爷”，顿有一种不被见外和也不该见外的感觉。他们二人已在这一带卖了 20 年的水果，而我拥有“柳浪阁”——那个七层楼之高的现在看去颇有点“无限风光在险峰”、恐怕 60 岁过后真的想每天“宅”

在里面都会因爬楼（没电梯的顶楼）而迈不动老腿的“阁子”，是在2000～2005年。那阁子中的新主人必定不会想到它的“原主人”至今还会每年一度地住到和“老家”一墙之隔的旅馆里来过“年后年”，都会一年到此一游并在某个夜晚从楼下朝楼上他家的阑珊的灯火仰望，然后回到旅馆，即日再乘坐风驰电掣的高铁回京。这一对比，“西湖边人”（水果店主）能鲜活地记得我这个老主顾，能将每年浮现一次的这样一个头部的影子像链接动画图片似的连成一副完整的“归乡者”的样态和影像，对之，我先是不信，接着是感动，然后就使劲多买几样水果，过后，就踏着比北京的月亮多少明亮几分的差不多都圆满了的西湖南边的月亮，回到几步以外的旅馆里面。

当五更的时候因暂短失眠举头看那个围着窗子勤奋地绕着旅行的月亮时，我发现万籁在五更的时候是最宁静的，因为再过一更，天际就现灰白了。

（2016年2月25日，杭州）

和徐兄一道到杭州市图书馆“赠书”

从去年起，每年都到杭州市图书馆去一趟，是去赠书。书是需要保存的，通常的保存方式是图书馆先自己买，然后自己存。当图书馆自己不买和不存的时候，写书的人为了能让自己的书在书架上长期站立着“不朽”或者被更多的读者读到，就要自己上门去送——反正我这么做了几回，当然我那么做的时候，心里有种莫名其妙的悲凉。

去年我给“杭图”“赠”去的是两种书：《爸爸的舌头》和《谁出卖的西湖》。今天上午我又和徐杭生兄一道一面和图书馆的周主任攀谈能否让“杭州市知青历史文化研究会”在图书馆的地下展厅展示一次书画作品的事由（徐兄已是那个研究会的副秘书长了），一面将自己的“私货”（美国近来试图在韩国部署“萨德”系统，也被中国政府指责为“夹带私货”）——8本《商场临别反思录》和6本《四个不朽——生活、隽文、音乐和书法》从手提的“黑包”中取出，说是想将它们赠送给“杭图”。周主任当然欣然接受了，并叫助手取来了去年我已经得到过一份的印有西湖山水和古诗字迹的“感谢函”，我也欣然接受了。

当思路敏捷、与我和徐兄那样两个皆“花样年华”已逝的老者们相比年富力强的周主任听说我不仅是个“北大博士”而且还在给外国留学生当“教头”时，他的兴致就来了，问能否带一些外国学生到“杭图”来并顺便展示一下他们的“风采”。我听后下意识地说：“我怎么从来没在他们身上看到过什么风采呀，他们中有的人能展示的‘最佳风采’恐怕就是考试不作弊吧！”——我当然是半开着玩笑，我私下里真笑着的，是在周主任等一些国人的印象里外国学生或外国人的“风采”都是像有牛仔裤就有后屁股裤兜那样自然随身携带着的，咱们能做的就是给机会让他们显摆“风采”，而他们殊不知有些外国人甚至是绝大多数的外国人身上从生下到死后烧成骨灰棒棒都是从没有过什么“风”，也压根儿谈不上什么“采”的。对这，曾在外域生活过十余年的本人倒是个曾近距离接触的知情者。

写到此处，我顺势接着往清波门这家“五洋假日酒店”的窗外为了迎接今年 9 月份 G20 峰会而在改造中的整个杭州的纵深处想。我想杭州之所以如此这般的把半个城都大手笔重新梳妆打扮一番甚至改造到几乎“破相”的程度，在某种程度上就是对自己的“原貌”不太自信，就是觉得和外国的城市相比杭州不仅气质天然不足，风采也本来不佳，而这种“误判”的基础就是误以为凡是国外的人以及景物都风采自带，都天生丽质，总之，都比自家“西子”的相貌要强，因此，在大批的外国宾客到来之前就死活都要在自己城市原本姣好妩媚的脸颊上动韩国流派的整容刀子，至于整得好还是不好、整后看上去自然不自然、留不留下万一整失败了的疤瘌，是现在还顾不及的。进行了这么多关于这次杭城“风采整顿”的奇谈怪论，不知是否符合时宜，但本人还是想私下在纸上说说。或许本人从来就认为西湖是姿色天成的，杭城即使不改造半点也都完美无缺、都如苏子（东坡）所说“淡妆浓抹总相宜”，一句话，是不比任何外国城市的“风采”逊色的，因而是不该大规模“重新装修”的——既然“淡妆”本来就好，又何必偏要“浓抹”呢？当然，至于这次“城市整容”能否真的使西子小姐再增添几分媚态，要明年这个时辰等 G20 峰会结束后再来，再进行评判了吧。

（2016 年 2 月 26 日，杭州）

徐兄的诗歌《小草》传抄

这次“回归”杭城的最大收获，莫过于和“知青”那个团体进行了“广泛”的接触，包括参加了“浙江知青文学社”的成立会，也包括和徐兄一同吃了一次他们“赴萧山插队知青 50 年再聚首”的大宴——他们是 50 年前的那一天（公元 1966 年 2 月 27 日）一同下乡的。这顿饭的感受是 50 年前后俨然“换了人间”：50 年后的他们围着那桌“百鸡宴”一样丰盛的大餐基本没怎么动筷子，一只只整鸡怎么端上来又被怎么端下去了。而 50 年前他们会在“集体户”的茅草房里为这样一桌饭菜而做美梦或者去老乡家偷鸡。席间大家都半醉半醒地叙着旧并缝补着当年被各种无厘头的理由生生撕开的友情和爱情。那番感人的场景，或许能从徐兄为杭州“知青”怀旧专门创作的、一在微信上发表就被无数“知青（知情）人”半含着泪点赞的诗歌的字和行的夹缝中品读出来：

小草

——徐杭生作于2016年2月22日

我是知青
我是一棵小草
我无视大树
却可以向大地问好
当年我没准备
激情催我向广阔天地奔跑
我洒汗水
把棉花麦苗浇灌
我用青春
把幸福索要

我是知青
我是一棵小草
为最接地气而骄傲
我无悔转白的青丝
仍然怀念年轻的心跳
让我用歌声
送上知青的欢笑
这是我小草的努力
让这猴年的春天

充满活力无限
夕阳下的我们向快乐奔跑

我是知青
我是一棵小草
深山荒野我与狼搏杀
至今留下生死的疤痕
那是我勇敢顽强的标记
生命里我遭遇人兽的欺凌
无法倾诉心灵的创伤
默默地舔着伤口
不是我软弱无能
历史会给我以公正
恶魔终在耻辱柱上钉牢

我是知青
我是一棵小草
恋爱时没有花前月下
只有荒山野地
北风嚎
没有鲜花给你
只有满地蓬蓬勃勃的青草

羞涩口袋里
只剩下明天的伙食费
几大毛
我用粗糙的手
理一下你满头秀发
表达一生一世对你忠诚
任贫贱富贵
不动摇
好想吻你
亲近你红红的脸庞
给你一个拥抱
风吹牛羊现
蓝天白云飘

我是知青
我是一棵小草
回城短暂的喜悦
换来的是彷徨
家乡已不认识我这远行的儿子
一切重头再来
当年白塔岭汽笛声
是我前进的冲锋号

只要有土壤和一点阳光
我一定可以燎原
把热血点着

我是知青
我是一棵小草
我遭遇自然灾难年代的饥饿
幼小的身躯里由地瓜野菜充填
我有过下岗的困境
上有老下有小
坎坷
又一次考验了我的坚强
在儿女面前
我是一条河一座山
在祖国在父母面前
我对得起人生两个字
忠孝

我是知青
我是一棵小草
我理解天阴有雨
浪大难行

我懂得感恩，知道回报
风雨中我迎接挑战
汲取养料
成为改革开放的先锋
富国的栋梁
小草昂首对着太阳笑
安逸富足中
我没忘自己的本色
一颗中国心仍然坚定地跳

我是知青
我是一棵小草
我有二千万兄弟姐妹
我去过千里冰封的北国
我在边陲红土地上割胶
老山前线突击队有我的身影
边疆巡逻我骑着战马握着钢枪
我去过贺兰山的煤矿
住过宝塔山下的土窑
在江涂海滩
我为小溪点缀春色
我把大堤护牢

我献出青春的热血
无怨无悔
换来知青不朽的丰碑
万世称道

我是知青
我是一棵小草
祖国不会忘记
我的沧桑
和那段特殊的历史
共和国的疆土我奉献忠诚
祖国的山山水水我付出汗水
经济发展有我的智慧
万丈高楼我扛起
不动不摇
只想告诉我们的后代
我是知青
我是一棵小草
小草
小得微不足道
却衬托了万紫千红
江山妖娆

正如前文所表：“知青”亦为“知情”也，知啥情？知中国国情呀，因为他们曾以中国的广袤原野为“窝”，以万千的农民百姓为爹娘。正如本人那天在“浙江知青文学社”成立会上所言，50年前从城市奔赴“广阔天地”的那两千多万人，是自从孔夫子儒教文化在华夏普及之后两千多年中绝无仅有的一批将“体脑”“城乡”的概念——“劳力者治于人”和“城市人优于乡下人”倒着书写的实践者和经历者，他们既是历史长河中的一小股最顽强的“逆流”，也是最后一个点缀着璀璨生命光泽和血色奋斗情操的“伟大泡沫”。

（2016年3月1日）

请一定把“知名”和“教授”拿下

回京后，我继续整理着本次杭城之行泛起的“花絮”。

花絮1：徐兄今晨来电话说他的“小草”马上就要被众多知青们齐声“诗朗诵”了。那，将是杭州知青“追忆史”上的一道耀眼的风景。

花絮2：想起来了，就在我到达杭州的次日，原先在北语一同共事的教俄语的赵老师就在她杭州及周边地区的朋友圈里发了一条微信，是这么说的：“知名作家、北语客座教授齐一民来杭州了！齐老师每年都会来杭州，他的说法是游玩，其实我心里暗自明白，他是怀念清波门旁的阁楼——那个他曾经的家，不然为何每次来杭州，必须下榻清波门旁的酒店？不然为何每次提到西湖，提到清波门，他眼里总会放射光芒，转瞬而变成忧怨？不然为何他用爱怨激情执笔写下《谁出卖的西湖》，不然为何他把世间最美视为‘西湖’？把人间最丑视为‘出卖’？阁楼是90年代他经商最辉煌时在西湖边上购置的爱屋，后来因故转手卖给喜欢这个阁楼的一对毫不相干的夫妇，用他自己的话说是拱手让人了，从此，西湖边上、清波门旁便留下他情丝不断的怀念，埋藏下他抹不掉的悔恨。他时常追问自己为何出卖的是杭州，是西湖边上，是清波门旁？为何出卖自己的最爱？我知道齐老师每次来杭州即使蜻蜓点水一停而过，都是因为魂牵梦绕！”

赵老师这条微信描述的“情况”基本属实，只是我请她在发送前一定把“知名”和“教授”两个字眼拿下。在当代汉语中最最滑稽的，就是“著名”或“知名”这两个词汇了，比如常说的“著名演员、教授、作家”之类的，完全是个“伪概念”，何为“著名”？名声显赫，大家都晓得也；何为“知名”？大家都“知道”也，既然大家都知道了，就不用说“知名”，大家都不知道呢？就是“不知名”嘛！对比一下就会知道了：使用英文或其他西文介绍某人物时从未见过在姓谁名谁前面添加上一个类似“Famous（著名）”的前缀，而国人因何那么喜欢“被著名、被知名”呢？我以为：因虚荣心太强也！

至于“教授”是肯定不对的，本人虽然在北语教了十几年的书，自称是个“最牛编外”，如能在自己的头上冠上一个“客座讲师”的名号就已经诚惶诚恐了，因为俺始终是直挺挺地站立着授课、身后未有过一张牢靠的座椅呀！

本人至今（公元2016年）仍是个智能手机的拒绝者。由于本人的信条是只要手机不坏就不换，谁想手中的这个最“顽固不坏”的“诺基亚”手机是个该公司生产的有史以来质量一等合格的家伙，寿命都快比“诺基亚”公司长了，于是，本人至今仍然没有微信。这次杭州之行见识了徐兄、赵老师等人用智能手机玩微信和打理“朋友圈”的样子和架势后着实被震撼了一番，因为，那哪里是个手机呀，简直就是他们的“小三”和“老情人”！整天地死抱着，就好像是古代大臣上朝见皇帝时手里的那个紧攥不放双目死盯着的“笏”。还有，“朋友圈”中“圈子里人”发信息时运用的语言也极其有特点，就是为引起关注语不惊人死不休外加几分的炫耀，因此，明明的“不知名”，就提档到了“知名”，明明的“讲师”，未经过软硬考核就被顺带着提升到了“教授”——试想，中国的大学里要真是这么豪爽地给教师们送职称，那该是多美的一件事啊！

（2016年3月2日）

上一部书《四个不朽》的读者阅读状况考察

本人喜欢把刚出版的新书送给朋友们几本，一是为了证明自己有文化，二是想获得读者的阅读信息。想知道未来在本人连同这个时代都寿终正寝，比如说五百年后吧，哪一天、哪个人，在图书馆的书架上和本人的书正欲擦肩错过又反身回来将那书打开阅读时，大体上将会是怎样的一副模样。老同事赵老师眼下在杭州一家需要上下班打卡（必须精准到一分一秒）的私人外语学校任教，那天，她上班时偷读了《四个不朽——生活、隽文、音乐和书法》——就是这部书前的一部，而这个短信，就是她的“切身读书体会”：

昨天在办公室偷读《四个不朽》。坐旁边的日语老师小声问我：“赵老师，你笑什么？”因上班禁止做与工作无关的事情，大家都假装一本正经地做事情，我便含糊其辞说看书。下班时，日语老师又神秘地趴近我耳边悄悄地问：“赵老师你笑什么？”我欲言又止没有说明，日语老师更迷茫了。我想她的好奇心没有满足，下周还要接着问我，找个合适的合情合理的休息日再对她说吧！

还有这样一个“实情实景”，她在短信中写道：

说这话，有点负面了，有时在工作间隙，真喜欢做的私活，就是阅读与工作无关的书籍，好在不出声可以蒙混过关，可是读《四个不朽》实在无法蒙混，忍不住开怀大笑，想使劲控制在小声范围内，但瞒不过身边的同事哦！

但愿全天下的其他读者（假如巧遇的话）也能有赵老师这般对“齐氏幽默”的理解力鉴赏力外加这般“超级低的笑点”。呵呵。

本人在此之前漫长的国内外工作生涯中，也不乏丰富的、回想起来啼笑皆非的“打卡族”经历。最好玩的是在加拿大蒙特利尔那个跨国造锁厂的“出口部”工作当“亚洲市场经理”时，由于全“出口部”只有本人一个懂中文又有权上班用中文写东西（比如给国内代理商用传真发号施令），因此，本人就在实在百无聊赖的上班时间里、在老板和同事们的眼皮底下（读中文书？），非也，写成了三个长篇小说（《自由之家逸事》《美国总统牌马桶》和《马桶经理退休记》）以及若干个“半长篇”（《走进围城》《妈妈的舌头》等）——以“用中文撰写21世纪本公司亚洲市场销售战略宏大构想”

的名义。更好玩的是，我当着小说主人公出口部经理的面，在老先生的眼皮底下，写下了一本围绕着他展开的喜剧幽默小说《马桶经理退休记》，而他老人家呢，就是书中的那个“马桶经理”呀！这种行为虽然比赵老师上班偷读《四个不朽》的“行径”更过分一些，但正如2015年全国大火的电视剧《少帅》主题歌里唱的那样：“岁月长河，东去的浪漫还是悲歌，谁指引柔情相伴烈火，我相信心中的阳光，永不会陷落。”于本人来说，那段蒙特利尔的“洋插队”（“小草时代”）岁月已经是二十年前的“东去的浪漫和悲歌”了，尽管那个大型上市公司的“出口部”还在，往日的同事们却都已各自天涯，老经理按年岁也已八旬开外，假如我那些多国籍多种族的同事们知道他们身边的那个“亚洲小伙”Jimmy Qi为大家“同室操戈”的那几年“快乐时光”，不仅做了现场的笔录和艺术加工、日后还在遥远的中国出版成小说流传于世的话，又哪会怪罪于俺呢？

（2016年3月2日）

快看呀，
一个读者是这样对《四个不朽》做“终极评述”的

一个读者还没读完本人的上一部书《四个不朽》，就在朋友圈里发表了一段十分不负责任的议论，本来不想抄写的——怕五百年后的你看后就不会爬到那时候或许已经门可罗雀或者危在旦夕摇摇欲倒（被上升的海水淹掉了？）的某某图书馆的十米高的书架子上去寻找俺的《四个不朽》了（可别一下子栽下来呦！），但由于这条书评实在是太令作者本人感到迷茫意外现在不知如何是好以后也不晓得还该不该继续杜撰那第19、20、21部书籍（你读的这部将是俺“已经出版”的第18部作品），然而，为了能请你分担我以上的这些苦恼惆怅和对未来前景的疑惑以及失望和绝望，我想了又想，决定还是把前两日那位不知道何为文化何为文学何为艺术何为小说何为随笔何为幽默何为不幽默何为低级趣味何为高雅品味，总之——何为作家齐一民（齐天大）博士的写作特点艺术风格崇高理想甚至高贵品行品质，等等的——那个姑且称为“他”（也许是个“她”呢！）——的读者的《四

个不朽》微信评语，给晒出来出版出来曝光出来恶心出来！

瞧，他（她？）就是这样在“圈子”中发微信的：

建议大家读读《四个不朽》，开心至极！这是郁闷的开心果，是孤独的欢乐谷，是阅读的兴奋剂；里面活跃着帝都的小人物，里面有……里面有……里面有……（还在阅读中），它是语言的精品典范，词汇丰富精准而幽默，句式流畅自如而洒脱，品味其中令你赞不绝口，它是人间的千头百面，事件包罗万象五湖四海，故事简单平凡而浓缩时代，阅读其中，令人捧腹大笑，《四个不朽》开心至极！

嘿嘿……嘿嘿。

（2016年3月3日）

对人类来说，艺术就是“妖女”卡门

对吉普赛妖女卡门的诱惑，你可千万要当心，不信你听听这段歌词：“你不爱我，你不爱我，我倒要爱你，假如我爱你，我爱你，你要当心！”（《卡门》——爱情是一只自由的鸟儿）昨晚是国家大剧院制作歌剧《卡门》的最后一场。第一次看《卡门》是在20世纪80年代的天坛剧场，指挥是大师郑小瑛，那时候在台上演唱的还有我两个熟人，其中一个是表姐，而今的大剧院的舞台上，表姐已远嫁不见了，郑小瑛也年迈不演了，当然，本人的记忆力更是减退了，但还好，本人对《卡门》的热情还在。记得那时候的卡门是中文的，眼下的卡门是法语的，而包括男主演莫华伦的众多中国歌唱家的法文发音，还都那么的正宗。台上的唯一“老外”是意大利来的“卡门”朱赛皮娜·皮翁蒂（Giuseppina Piunti）。意大利南欧人的性情放荡以及“火辣辣的心和火辣辣的情”让她活脱一个真吉普赛浪女卡门再现，用东北人说“贼浪”的女妖气质外加“女贼”的举手投足以及女中音的强烈性感拨动着生性内敛含蓄的莫华伦等一舞台中国男子的心，当然，也包含了台下心脏扑通扑通的男性观众。你听她唱着：“你可要当心！”我心说老子可真要当心呀。

坐席中的我特别怀念一个人——剧作家比才。比才是《卡门》“不成功上演”三个月后在并未享受到任何《卡门》成功喜悦的情形下英年早逝的。他哪里想象得出，他谱写的如此天衣无缝、如此美妙绝伦、如此段段淋漓酣畅歌歌令人过耳难忘的一台“神曲”，在他的“身后”会成为普天下排名前三的“全人类歌剧嘉年华”并为这个寂寞的世界带来这多的幻想和神往呢？艺术家（如谱曲者和写作者）从境遇上说大致分两类：一类是身前功成名就如日中天，如雨果，如梅里美（《卡门》小说的作者），如柴可夫斯基；另一类是身前寂寞无比，死后却名声天下扬乃至万古流芳，如比才，如卡夫卡，如曹雪芹……

我想，难道艺术——包括文学、戏剧、美术等所有门类——不就是一位自从诞生之日起就蛊惑人们诱惑人们迷惑人们迷魂人们甚至——想要索命人们的——Carmen（卡门）丫头吗？艺术其实就是个妖女，就是个吉普赛女郎，就是个用“爱情可是一只自由的鸟儿呀”——的女中音、女高音性感地唱着、舞着把你我这些禁不住诱惑的堂·何塞（《卡门》男主人公）的心一点点挑动、勾引、蛊惑直至情不自禁身不由己随之遁逃随之走上“心灵走私”的不归之路直至最后杀人越货（还是在心灵上）走火入魔的魔女卡门！那艺术家呢？

那些美术家歌唱家作曲家作家呢？他们分明就是何塞，他们先在卡门的挑逗下痴迷于艺术的美色不能自拔——这是他们认识学习接受艺术的阶段，之后，他们就开始了各自的创作，他们写书作画他们谱曲他们唱歌——他们在“艺术人生”的后半程自身转而变成了的生产者，变成了“卡门小姐”的爹和娘，他们用自己的灵感智慧和天才，创作派生助产培养了无数个新的“小卡门”——新的艺术作品。这些艺术品是上一代“卡门”的升级版，有的甚至是变异版——那就是如贝多芬、尼采、比才、艾柯等让人类全然没见识过的“新卡门制造者”的横空出世，造就出来的就是贝多芬的《英雄交响曲》，就是柴可夫斯基的《天鹅湖》，就是卡夫卡的《城堡》，就是阎肃的《雾里看花》，就是艾柯的《玫瑰的名字》，就是哈珀·李的《杀死一只知更鸟》……就是大剧院正在演出中的比才的歌剧《卡门》！

我想人类因艺术品的存在而存在、因妖女卡门的妖娆而成为区别于其他动物的妩媚的“人类”。人类绝对禁不住卡门小姐那无厘头的诱惑，人类又从来没对“卡门们”的活泼艳丽和魅力四射而厌倦而腻烦，因此，人类中的俺们（俺也算是一个吗？写小说的俺，23 年来从未停止过用不断更新的语言风格记录和隽写生活画卷的俺）——搞艺术创作的，是人类永不厌倦永不腻烦永不满足的、对更青春靓丽更娇媚动人更有性感的“下一个卡门浪女”来临下凡的被期望者和被寄托者。我们在汲取营养——从生活中，我们在积累经验——从写作、创作中，我们在等待下一段创作激情行将开始的燃烧，总之，我们在接受着承载着上天的旨意，我们肩上的负重非常不一般，我们的艺术责任在加码，我们也不知道哪一个“逆子”（意外的好作品）会成为下一个只可等待不可希求的偶得的女孩儿卡门、变成下一代艺术的典范和经典，我们跪求灵感灵气灵魂的到来。她来了她驻足了，她依附到我们的肉体上了，我们就赶紧将它们（灵感）迎接，赶紧将它们用白纸用歌谱用画布书写记录，而这，不就是艺术之女——小卡门的降生（诞生）过程吗？

（2016年3月3日）

养鱼心经录

一

两天没来这个家了，我猜第二个小瓷缸里那条脊背是黑色的、肚皮是黄色、但总体是黑色的感觉的金鱼今天必死无疑。因为两天前我看它的时候，它的肚皮一直是拖在鱼缸底的，而我认为鱼是应该游在水里——鱼又不像人那样能够着实地“睡”在鱼缸的底部，因此，我想那条本来在“官园花鸟鱼虫市场”、它原先的主人那里还游得非常自在的黑金鱼——一边一个大眼泡的，就已经病得不轻了。今天走进房门，我脱下外套就直奔那个小鱼缸，果然，只见它漂在水面——它的已经半腐烂的发白了的尸体。而另外一个大缸里的一条本来和它一起游玩的金色的金鱼，果然也不出我的预料还活得非常的好——幸亏我在黑金鱼病了可能死的预感之下，把它们给“分养”了。

已经熟悉了金鱼的死亡的状况的本人，几乎没什么感觉地，就将那个黑金鱼的尸体连同那一缸已经发白了、应该是已经臭了的水，给倒进马桶冲了——这，还是十个月中我开始养鱼后第一次将死鱼倒进马桶。这算是水葬它吗？大江健三郎写过一本长篇小说，叫做《水死》。从前，我问过“官园”里的那个见了我就像是见了大买主的“中年老太”：鱼死了咋处理？她说那好办，丢进马桶冲了不就行了？我从前都不那样，这十个月来我的几个鱼缸中死了那么多的鱼，我都是要不就“空葬”，要不就“塑料葬”。“空葬”是把特小的死鱼从空中抛出去，因为楼下也有一个小区里的鱼塘，而且还有无人的绿地，即使它从20多层的楼上摔下，也要不就摔到绿地的草坪上，要不就和楼下的那些活的锦鲤们汇合；“塑料葬”是用一个完全空的、不含任何别的垃圾的袋子，把死鱼放在里面，也算是帮它（它们）——找到一个“单独”的归宿。

（2014年12月20日）

二

我故意地不像以往写东西那样将每一个段落都用小标题给标注出来，是因为标题有时候往往是“发挥”的敌人。因为看了一本《迪金森书信集》才有了这种漫无主题的写法——迪金森的每一封信都是“平”的无重心的，就仿佛这个世界原本就是“平”的那样。还有，那个好像也是犹太人的老米兰·昆德拉今年出版了一本书——这也许是他的最后一本书了吧（庆幸如此！），叫做什么《庆祝无意义》。我知道不仅他的这本书，他所有写的书、除了书里的女人——都是没什么意义的。所以，我写一本“养鱼”的书，就更没啥子意义了。养鱼有意义吗？于鱼来说，好像没有——鱼被谁豢养都似乎一样吧。养鱼对于养鱼的人来说，有意义吗？你懂的，但我不太懂。哦，昨天玉渊潭咖啡店的那个老板——他的店里也养了一些鱼，有好多别人从湖中钓上来的红的、黑的锦鲤——说鱼是“冷血动物”。什么叫“冷血”？难道俺的血——现在的，比鱼的血要热？这还使我想到了“零度写作”——有的人不赞成“零度写作”，说那样没有热情，但写养鱼的书、“心经”，好像就要把你的“血温”给降到鱼缸中的水的温度，你要心沉。我昨天用毛笔抄录的那段《心经》，抄的是赵孟頫的字帖。写的时候那种字体要浑圆，要向方块字的四个角落使劲地撑开，就好比吴清源下围棋时一下把棋位拉到“三元”似的。

话说老齐我昨天从“官园”拎着一袋子“新鱼”——两条用作“补位”的泡眼鱼，回到阔别了一天的那个“家”——那个家似乎压根儿就不是老齐的，而是鱼的，因为大半年来只有它们在那里过夜。老齐发现，今天死的是小玻璃缸中那只活到了最后的虾。这时辰楼下紫竹院的水塘中已经捞不上来虾了，因此，它的遗体——“水晶虾仁”样的，就变成了今年这个“鱼虾季”的最后一个念想了。若是其他的季节，虾死光了，你拿着“地笼”就能到楼下捞，可现在，窗外的湖面是一面一尘不染的镜子、在等待着溜冰人的擦拭，因此，虾，是甭想了。老齐上个月冰还没冻上的时候、在一个六七级大风的日子去下过一次“地笼”，但那天一无所获。据说鱼和虾——那些冬日冰下的血更冷，甚至冷得过“零度写作状态的人”。它们一冬天不吃不喝都行，那为什么我家大玻璃缸中的那三条“大锦鲤”现在每见到我回去，哪怕是只要听到本人的动静，都会那般厚颜无耻地伸出脑袋要吃的呢？这个问题留你回答吧。

为了将风险平摊，我将这两条肚子圆圆脑袋尖尖的大眼泡——其实它们的身材并不大——给分头养：一条养于窗边的黄塑料盆里，让上午东方的太阳照耀着它；另外一条养在那个小的、用湿手使劲蹭它的缸沿能发出尖叫声的小“闹缸”里。就是说我的三条小金鱼分别住着三幢“独栋别墅”，这样做是因为两天后我去时即便一条死了，也是“单死”，它的腐臭不会连累另外两条。上次那两条金鱼的死——其中一个肚子大的是因为我怕它寂寞，反复犹豫后让另外一条红顶子的鱼给它做伴，结果两条都死于恶臭之中，一条牵连了另外一个，最后在死后成了腐败腐蚀腐烂的伴侣。

傍晚再次横穿紫竹院的时候，我突然想起为什么我老是觉得今天新买的那两条小金鱼的体型那么像的，正是上午那家玉渊潭咖啡店为我介绍养鱼经验的那个老板的脸型：都是下半部圆圆的，上半部尖尖的，身材也都不忒大。

（2014 年 12 月 23 日）

三

到天行健商务大厦去看一群朋友，朋友们的大缸里也养了鱼，而且是锦鲤。他们说他们养的这些已经是不知道是哪拨儿的鱼了。前些时候养，一养就死，后来他们才知道养鱼要先“养缸”——新缸里的鱼必死，因为缸还没“活”嘛，这，就让从年初到秋天我那些咋养咋死的鱼儿们的死，有了合理的解释。他们说用新缸养鱼的时候要先放进去一些死了也不心疼的鱼。其实他们那里的缸在“养活”自己时，为之死的鱼，并不都是什么“烂鱼、杂鱼”，而是各种花色的好看的鱼，而那些鱼，都成了那个“缸”的殉葬品。

“养缸说”使我想到了人和环境，我们新到一个环境、在和一个新的“容器”中的一群“新人们”打交道的时候，其实我们，就如同落入一个几乎能让你必死无疑的新鱼缸里的——一条新鱼；而本人，就已经不知道被换了多少个“人缸”了呢。

从“官园”市场的一个摊主那里又听说“养鱼其实是养水”：水养好了，鱼才能活。你要往里面放各种净水的药物：

因为北京的水质不好，里面有氯气，有水碱，有这个和那个。昨天长江的水被“南水北调”进京了，有了新水，或许会好些。

三天没回家，惊奇地发现三天中被放置于三个独立的“缸”里的三条金鱼，破例地没死。上次有两条死了，是因我怕一条金鱼太寂寞——像“空巢老公鱼”似的，就把一个少女般的红顶子鱼和它放到了一起，假如它是“老男人”式的老处男，那还不爽死了！它们却双双发臭死了。看来金鱼还是“分养”为佳。

昨晚北京电视台上播放了一位就住在我家附近西便门的鱼迷，那位先生姓“黄”，名字中间的字没看清，后面还有一个“宏”。“黄一宏”先生真是个养鱼的超人，能把那些原本已经绝迹了的金鱼给孵化出来，还拥有一个有着十万“粉丝”的金鱼网站。电视还说金鱼的发源地就是咱北京城——这我才知道的。这么说来我养鱼——是老北京人原本就该干的“正事”？

（2014 年 12 月 28 日）

四

2015年从“官园”拎回家的第一拨儿鱼，将是喝从丹江口调来的“南水”长大的，其中，终于有了一条“大眼泡”——透明的那种大眼，这种鱼起先一直不敢养——生怕养死了，但是，经过近三个星期的“前期实验”，本人对养金鱼已经有了初步的信心：我先将它们分头豢养，等一个星期过了，等它们已经熟悉了我家的“水情”之后，就能将两条鱼“和亲”。它们的胃口也很重要，它们的食欲一好，就表明它们的体质增强了。当然，那一缸的“锦鲤”们的贪婪，也是不可取的，甚至是可憎的。我只要一进家门，那些锦鲤就像见到餐馆服务生似的，都激动地把嘴伸出水面——你捅都捅不下去。我一边喂它们，一边想到了丹江口水库那些马上就要被拆除的养鱼人网箱中的那些鱼——因为要保证我家北京的鱼缸水的水质，那成千上万的大鱼，就要被“甩卖”了，这两者似乎没什么联系，但你只要一联系，就能够死死地联系起来。

今天，我还拎回家了几条热带的“小小鱼”——主要是

“孔雀”，这么地，我的五个缸，就形成了初步的分工：

第一缸是锦鲤和河鱼；第二缸是“小小鱼”——以“孔雀”为主的；第三缸是大花盆状的，里面游着一条刚来、正在我家“熟悉情况”的大眼泡金鱼——这是我的儿时的最爱，游着的模样像电视上范冰冰主演的“武媚娘”似的，当然，它比大家争议的“范爷”的着装还少，姿态也更扭扭捏捏的；第四缸中的，是在我家已经住惯了的“实眼泡”的那条黄金鱼。为了给新来的“武媚娘”腾地方，我把它单独地“囚禁”在那个“带响”的深口缸里面了：你用湿手一擦，那个鱼缸就“嗡嗡”地响起。这条金鱼的胃口也像锦鲤们似的大增了，已经没有了金鱼该有的矜持。

不知怎地，鱼嘴一馋就叫我看不起，因为它们就只会昂着头叫：“我要，我要——吃！！！！”尤其是金鱼。锦鲤在使劲叫吃之前我还把它们当个玩物，但一大喊着要吃的，它们就和丹江口水库放水前网箱里头的那些鱼没大区别了，伺候它们的我也就不是在玩鱼了，而像是在餐馆里“存鱼”的大厨。总之，我特别想提示那几条老要吃的、老往大了长的锦鲤们要自爱，也很希望它们减肥，别弄得过于膘肥体壮，从而勾引起我家来客们的——对于它们的食欲。

第五缸，就是那个我置放于正对着眼下冰封着的湖面位置上的——黄色塑料盆子。在“官园”，人家的鱼有的也是在泡沫塑料的白盒子中养的，因此，黄盆对于它们来说也算不上什么低档。这两条“实眼泡”的金鱼——就是身材特像那个湖滨咖啡厅老板的它们，是我在分开养了一周之后才让他们俩“同房”的，好在两天过后，它们都还活着（难道上次的两条是“情死”的？）。我发现原本黑色的那条已经变黄；这不是我第一次发现金鱼会中途变色了。有“变色龙”一说，金鱼也能变呢。

忘了，“官园”那个女老板在我提醒下将一条身子斜歪了的大金鱼用手捞起后放到另外一个“偏远”的缸里面了。快死的、身子不行了的鱼要住的，就仿佛是失宠的妃子居住的冷宫吧。那个女老板在做这件事时面无表情，而且也不谢我一下：她上次还说只要我从她那里买那种能从上往下滴水的鱼缸，鱼就老也不死来着。

（2015 年 1 月 4 日）

五

《武媚娘传奇》正在烙饼似的热播着，而且范冰冰的袒胸尺度一会儿大一会儿小的。我昨天回家时，我家大花圆口鱼缸里的那条“武媚娘”——那条红色的玻璃泡眼的金鱼，却死得极惨。它的肚皮翻着朝上，都惨白了，一大盆的水也泛着我只要不捂鼻子就肯定能闻到的恶臭，真仿佛是“红颜祸水”一般。对于死鱼的事情已经十分习惯了的我还是不特别的淡定。像以往一样，我用一个单独的袋子将“武媚娘”的尸首裹了，然后也没举办什么特别的仪式，就把“武媚娘”的发着臭气的遗体，给丢进楼道的垃圾桶里。

上次从“官园”“打回”了七条鱼，一周后死了一条，也算是“还可以”吧。我每次死鱼之后，都一再地反省（思）着：水没问题、鱼食没问题，那问题出在哪里？这次只能算作鱼自身的毛病，或是卖鱼人的狡黠：“武媚娘”在那里是和其他几条比她小得多的“泡泡眼”一起放在一个又黑又拥挤的塑料盘子里养活的。按说我家的大圆缸和她从前生活的环境相比，一个是“一星”，一个是“五星”呀。那么，肯定是怨那个卖鱼的，他从来就不给他的“待售品”们喂食物，而我，也只是少少地喂了一丁点，倘若，是那一丁点的鱼食送了“武媚娘”的命，那我情何以堪呢？我是否该彻底断掉养“水泡眼”的念头呢？前半年养过一条特小的，为何也命不长？莫非真的是“红颜薄命”？是本人没有从半空观瞧她们翘首弄姿的“艳福”（眼福）？庆幸的是我离家出门前，曾经动过让另外那条“实眼泡”的活泼金鱼给她当“伴郎”——让它们两个在同一个缸里活着——的心思，因为我怕“武媚娘”独守空房时太寂寞了，但她还是死了。由此，那条“实眼泡”也就逃离了一次被“武媚娘”的死传染并且一同在一个缸里飘尸腐烂的噩运。这，恐怕是我唯一能安慰自己因漂亮的鱼死而受重创的心灵的法子了。

我将“武媚娘”住过的“五星酒店”的单间给另外那两条被打入“冷宫”——那个黄色盆子里的小胖子金鱼们住了，同时，我也让那条稍大的、万幸没给“武媚娘”当陪葬的大眼鱼和它俩聚了一聚。这是它们来我家之后，第一次和这么多的同类一起翻滚着游玩，是不是它们有的已经不晓得这世界上除了自己还有别的同样物种的“活物”依然存在呢。它们玩得挺开心的，一个咬着另一个的尾巴。哦，我想到从外貌上我还分不出金鱼的公母哩。不像我们人类，男的就没有女人的头发多，穿着也不太一样。

离开家时，我还是将那个“实眼泡”给捞回到它自己独处禁闭的黄盆里去了——真担心再看到“武媚娘浮尸”的那一幕。

武则天的碑，好像是无字的，而且，至今她的墓也没被“开发”出来。

在紫竹院的湖面上打完冰球后，回到我家楼下的那个还没封冻的“钓鱼区”的小水潭边，我用冰球杆子捅了捅，水还是能捅到底的。我于是，就动用了我的“地笼”在“数九”的第三个“九”下网捞一把的心思——我下次回来时一定试试。

（2015 年 1 月 10 日）

六

我先把“地笼”用一根已经非常旧的塑料绳子，给栓在那三个钓鱼池中唯一没冻冰的池子里。那水还是清的，呈深绿色。然后，我看看这有没有引起公园保安的注意——他们通常在手臂上裹着一个红箍，然后我就打冰球去了。

同我打冰球的那位老兄和我的年龄差不多，我们相差的是球杆，他的球杆据他说值3000元，而我的据他说仅仅值30元，难怪他能把冰球挑射得高高的，而我则艰难地“满地找球”呢！他的球杆贼轻，拿在手上像是一根鸡毛的感觉；而我的呢，则是一根结结实实的用于烧火打架的“哨棒”。但正是这样，我才能够达到锻炼臂力的目的，甚至我有时想，要是能用一根孙悟空用的那种金箍棒——打冰球就更好了。

我回到小池塘边，来收取那个“被下放”了几个时辰、有四个倒勾的网眼儿、能让进去的鱼再也出不来、有的说合法有的说不合法但好歹我将它合法地购置、已经歪斜的不能再歪斜了、由细塑料线编织而成的——“地笼”。我解开烂塑料绳子，将之迫不及待地提起，但发现虽然笼里的食物——

夏天剩下的，都像方便面似的泡开了，都发开了，但里面却不像夏日那样有鱼或者虾米——夏天那里面的鱼和虾米此时此刻正在开会讨论着——俺们这是在哪儿？咋出不去哩？它们即使用鱼类的“最超强大脑”，那时候也走不回原路，跑不到对于它们来说应该是“浩瀚的茫宇”的紫竹院这几泡不特大也不特小但彼此联系着的湖泊里了。

我有点扫兴但也不特别意外地一手拎着冰球杆，另外一只手拎着一个空空的地笼，朝家的方向走着。因为是周末，路过的人有的好奇，朝我手中可能在他们看来十分自相矛盾的两样家伙张望着。

对于冬天湖里不太好捞鱼，我原本是有心理准备的，因为一个不熟的闲人曾告诉我——他手指着那刚冻上却还不太厚的冰，他说冬天的鱼都会冬眠，能够在冰下面一冬天不吃也不喝不饿，因为鱼是冷血动物啊。它们的血，莫非真是冷的？

我将空空的地笼放回家的原处，望着最大缸里面那几条一见到我就仿佛是见到了饭厅里跑堂似的激动得都几乎直上直下地脑袋冲上伸着大嘴要食吃的锦鲤们。我今天特别的困惑，因为这可是在这帮家伙本该冬眠的“三九”的冬天呀，它们咋不冬眠、冬天节食、冬天减肥呢？都是被我惯的！瞅着它们一天天肥起来了的、已经没有了观赏鱼应有的身姿，除了皮肤是高贵的金银色之外肉体上已经足够进入哪怕是一家非常低档餐馆子的——那副模样，我想着，要是这帮家伙能顺利活到今年的夏天，我就把它们拎到湖里去放生，去解除掉它们的附庸身份，去归还它们的“鱼身自由”。但那时候，它们将靠什么本事活下去呢？谁还会像老子这般每隔两天就不辞劳苦地喂它们食物呢？——而且还换着样子搭配！

我去年就放生了几条有的半死不活也有的活蹦乱跳的鱼儿——它们有我从湖里头捞来的，也有从“官园”拎回来的。养鱼人是矛盾着的：你既想你家的鱼像老人院中的老人那样始终活下去，一直活到最后一口气，哪怕是“作”着活、死乞白赖地活，但为了你的眼福（艳福？），你又想时不时置换一下鱼的模样——你喜新厌旧。我能放生、能放弃那些我看厌看烦玩腻了的鱼：它们有中看的，有不中看的；有妩媚的，有不妩媚的；甚至有的奇丑无比你恨不能将它们“嗖”地丢到油锅里面。而且，我从没有想到要支付它们什么“分手费”，当然，它们也从没索要过。

（2015 年 1 月 13 日）

七

第二条“武媚娘”也死了。它死得的确不太应该，也不合乎情理。我是将它先单养了差不多一个星期之后，才在到湖面上打冰球的那几个时辰让它和另外三条“实眼泡”的金鱼在另外一个大缸里面“团聚”，然而，在打完冰球回来之后，我看见了它的“死相”——它的身子斜在了水面上，我赶紧把它捞回到它自己的“公寓”。它起先还是呈现死状，但过一会儿就复活了，就来了精神。后来推想，当初它莫非是在故意装死？——因为那条黑肚皮的金鱼一见它就追着它的尾巴和肚皮咬。鱼咬鱼莫非是鱼类之间的“性侵”？人非鱼，人似乎懂不了鱼和鱼之间的那些动作的真实意图，我想在鱼那边，我们人类之间的一些动作——比如打情骂俏之类，于它们也是难题吧。

过两天我再看到它的时候，它的身子还是斜歪在它“单间公寓”的水的上面——显然它真的死了。我于是，就趁着外面没人，将这条“小武媚娘”的遗体给“天葬”了。我认为金鱼小树叶大的尸体飘在二十多层楼的上空，然后落到户外湖边冬日从无人迹的枯草坪上，总比上一次的“水葬”——从马桶中将其冲下去，要文明、环保得多。鱼呢，也算做了一套从空中俯瞰大地以及从半空跳楼的危险动作。

在这条“小武”之前，先它而死的是一条身材修长苗条的“望天”——眼睛朝着天上看的金鱼。另外一个缸里活着的那几条大眼泡鱼的眼都是朝两边长的，唯独这条，是封建社会官员样朝正上方长的。你朝它看——从空中，他朝你凝视——在水中。我不晓得这种鱼的眼睛长着的目的是什么，难道就是能和本人“玩对眼”么？它的眼睛假若真的只能看到正上方的“东东”的话，那么，它又怎地觅食？又怎地觅偶？但没过几天它也莫名其妙地死了。还是那句话，水是好水——从汉江调来的水；宅是好宅——也是“独幢公寓”。但它还是望着望着天上的屋顶，就去见造物主了。

这次在“官园”选鱼时，我注意观察了。我发现卖鱼人卖出的所有鱼全有某种“必死”的可能性。首先，他们好像从来就不喂它们，那样的话，鱼一到我家，我一喂，鱼就被撑死——它们已经失去吃东西的本性了。但假如我真的丁点也不喂食的话，等待它们的同样也将是“死运”——没有营养摄入的鱼，又真能活长久吗？于是，无论我怎样克制住喂食的冲动，少少地喂它们，它们只要调节不好自己的胃，就必死无疑，这样，我就得背了个为了自己的赏鱼私欲而将鱼一条条害死的罪名，同时我又得一次次回来，再接着买他们的鱼。我不知道自己是在边逍遥边拯救着这些半死不活的鱼呢，还是陷入了鱼贩们“活着、死、再活着、再死、你再来”的小算盘的算计里面？

这次在“官园”选鱼时，我注意到每一条鱼在那些简陋的水盆中的表现和状态是不同的：有的已经马上就要死了，身子都倒栽葱都头点地了，它们之所以还没死，是由于摊主在给它们不停地加着氧气；它们如同ICU病房中的濒危患者，氧气呢，就如同被插着的那些管子，是不能脱离的，因此那些半死不活的它们——你是不能碰的。还有几条在“临终关爱病房”——鱼盆子中比较有生气的、比较活跃的鱼，就比如昨天拎回来这两条，其中一条也是大透明眼泡但身子是紫色虎皮花纹的，有点像“青花瓷”。它比“武媚娘”们身子要长、要壮。它在盆中不想别的，就尽管朝盆壁上猛撞，好像美式橄榄球那些专门负责冲破敌军包围的斗士似的。在我家的盆中，它也仍旧保留着鱼市里的那股子蛮劲，玩命地用水汪汪的大眼泡朝黄色的盆壁上冲撞着。我“空中”得意（因为是俯瞰着）地想：这下，它可就不会像林黛玉似的——那么容易咳血而死了吧？

（2015年1月27日）

八

前两天一个大学老同学——从新西兰回来的，到访我家，我向他炫耀我家里的五大缸金鱼。他开始挺兴奋的，但突然说：“你的鱼缸咋摆放得乱七八糟的，而且，我咋就看不见你的鱼哩？”——他特指我那个玻璃上“抓”满了青苔的、专门眷养锦鲤的缸子，说：“养金鱼的目的是赏心悦目，而你这种养法，怎么连鱼都看不见呢？”

我先向他展示了那缸鱼的“观赏方法”——你应该站在鱼缸的上面，而不是侧着身子；你必须把那个四壁被青苔涂满的鱼缸想象成一个紫竹院的鱼塘，而鱼塘里的鱼，就是从上面观看的。还有，那些青苔虽然比较丑陋，虽然有碍观瞻，但它们是鱼最喜欢啃的食物，尤其是当你不在家、当你去远行的时辰。当然，现在的我要一年左右的时间才做一次离开京城的远足。

对老同学进行了一番关于我养鱼的方法的侃侃议论之后，我意识到：第一，我和别的养鱼人的最大不同之处，在于他们是“以人为本”，而本人是“以鱼为本”——我养鱼是为了鱼好，而不是为了饱自己的眼福。或者，我是为了让它们能够隔着积满了鼻涕状的都发黑了的青苔的玻璃缸，观赏到本人才收养那些鱼的。第二，外人看鱼和家人看鱼的眼光是有别的，他们并不认识那些鱼，和那些鱼不熟，因此他们只注重这些鱼的外表，而家人却迥然不同：这些已经在我家“下榻”最长已经有数月了的五个缸里五种不同类型的鱼，都是我的“熟鱼”——和“熟人”差不多的，以至于我能从那些已经如茧子般厚重了的青苔后面的影影绰绰中，洞察到它们谁是谁。

从那条“紫色迷彩武媚娘”——大眼泡能活过这些天的“奇迹”，我领悟到了鱼还是活分点的能够养活，而且，重点是查看它们的食欲——它们的性欲强否我至今还辨析不出来呢。这两条新来的鱼的共同特征就是特别的能吃，“迷彩”刚来的时候玩命冲撞盆子来着，但两三天过后它的小脾气就没了，也变得温顺多了，唯一感兴趣的就是吃呀吃呀吃的。这样挺好，只要它们的身子补好了，强壮了，舒坦了，我也就不用揪心它们的动不动的“死”了。

在冬日风速极快、为“申冬奥”做着预热的耀眼的紫竹院冰场上，本人打着本冬季第 8 场冰球——和一个 66 岁穿冰鞋的模样像是踩着高跷的老者。老者说他以前的爱好是钓鱼，但老伴反对，说不能老是“杀生”，因此，他就改为趔趄着陪我打冰球以及捡冰球了。

（2015 年 1 月 30 日）

九

由前两天被外国总统似的迎接到北京的“脑瘫诗人”余秀华所说的名言：“记者一来，兔子就死。”我联想到即便记者不来，我家的金鱼也一条接一条地死。

同是写书的，人家一出版就首印几十万册，不由得你也想试试脑瘫一回。不过，书能写好的，都恐怕是脑部疾病的患者。

看到这两条金鱼的小尸首之前，它们的死亡，我在睡梦中似乎是有预感的：我老是嘀咕临出门前看到的鱼缸上面浮着的那些小水泡有点问题，果不其然，进门时三个鱼缸里的水都是浑的，而且那两条被我已经视作是我家“永久居民”的始终活泼无比的小金鱼，也浮尸在水面了。我忽视了那泡沫，我小看了那泡沫，它们在我离家出走之后，就肆无忌惮地繁衍繁殖，然后像IS般恶意地、毫不掩饰地、毫无节制地蔓延泛滥，把三个鱼缸、鱼盆的底部都弄得苔痕累累了。而且，那些带着病菌的青苔似乎极端能够耗氧，因此，水中的氧气耗尽了，我那两条“宠鱼”——一条金色的、一条脊背是黑色的，也就先气息堵塞、苟延残喘，然后心肺破裂，再后就呜呼哀哉了。也就是说，我那两条“爱鱼”的命运，就仿佛是昨天刚被极端组织斩首的那两条日本人的命一样，断送在我的轻敌和敌人（小泡泡中的病菌）的非常不人道的恶搞和残忍之中，我和他们（泡沫和病毒）没完！我一定会像日本首相（他才是原本的肇事者！）那样发誓地报复他们/它们！让它们/他们付出必须付出的代价！

我于是将那三盆“坏水”倒尽，换上了三汪清澈见底的丹江口水库调来的新水，于是，剩余的三条金鱼——包括上周刚来的“虎皮大泡眼”就都顺理成章地住进了“大房子”；它们被用于填补那两条小金鱼去世后留下的空间上的留白。它们先是劫后余生，然后就登堂入室，就从被遗忘的角落里的黄塑料盆子，游进了古色古香的青瓷鱼缸。

这两条我本以为会在我家一直活到寿终正寝的金鱼的亡故，教导我养鱼是要用“心”来养的：你的“心”到了，鱼就会快乐快活，就不会死；一旦掉以轻心，一旦我认为平安无事，一旦我认为鱼已经皮实了不再会死并且已经和我家的室内环境和谐万分，以为水浑点就浑点吧——如同人混点也无所谓似的，那时候，死鱼的危险就离你已经近在咫尺。我轻敌了，我“无心”了，在我将我的爱怜投放到新来的鱼——“新宠”的时刻，那些个水浑点水脏点我也无所谓了的“旧爱”的小生命的命运，也就接近到鱼尾巴上了。

（2015年2月2日）

十

连来带去了五个昼夜之后，我意外地发现我家的小鱼在我回家时——它们还都活着。那只“迷彩武媚娘”颇有身材的身姿，在水中一扭一捏的，活得极为自在。

前两天在海南的三亚，水是蓝的——我曾经在古巴海滩见过的那种蓝，鱼也是蓝的——我在分界洲岛水下见到的那种。那种鱼有两个巴掌大小，你在游，它也在游；你的游泳镜模糊时，它的眼睛是清明的。防护网的外面，我突然惊奇地发现了一个色彩斑斓的热带鱼群，有黑白相间的，有蓝色的、红色的、白色的，有大的、有小的。那些鱼，好比彩色的幽灵，闪电般随海水的波动摇摆，忽隐忽现，又像是水族馆中供游人观赏的样品，珍奇而养眼，而那个时辰，整个分界洲岛的游泳水域，似乎就我一个人能隔着一层镜子目击到浩瀚水下的那个由神奇的鱼的颜色组成的美轮美奂的世界。那是鱼类——热带鱼的王国，那个王国从我身下的那片水域延伸，一直延伸到热带、亚热带分界线的那边。

我越来越相信这个世界的真实主宰是鱼类了。就连人有时也能变成鱼，因为在这个季节还颇为寒冷的海中一次次下潜的时候，你实际上已经和鱼的举手投足没什么实质性的分别了，你已经是鱼，你那时就是鱼了。人和鱼的界限在模糊，鱼与孤身下潜的本人，在浩渺的水世界里共舞着。

我发觉即使海南餐桌上的鱼，也是被一条条身体残缺地端上，但那些鱼是丑陋的，是黑色的，它们不是我在海底看到的那些彩色幽灵一样的热带鱼——那种鱼似乎不该是人类的食物，因为它们实在是太不适于作为人类的食物了。它们都是美人鱼。

两天后，当我再次和旅行团的友人一起到“大东海”同样也是水能见底的游泳场去“探望鱼”的时候，无论怎样地下潜，我都毫无所获，水下无比的干净，但无鱼，只有偶然见到的包裹冰棍的废纸。原来那些彩色的鱼是专属热带的，尽管“大东海”和北纬 18° 的热带线近在咫尺，那些水下的“武媚娘”们的踪影还是难觅。在分界线上，它们就隔着水上的“防护球”半米之遥，你必须游过那条线才能和它们共舞，但只要我一过线，哪怕是潜水过去，那些救生员东北味道的警告声音就会立即响起。

晚上观看“红艺人”——人妖的表演。他们/她们的身世，其实和“官园鱼市”的金鱼尤其是那些五颜六色的热带鱼没什么两样。金鱼的寿命也很短暂，它们的命运就仿佛人妖一样地先“啪”地绽放，然后速死——尤其是当它们撞在我这样蹩脚的养鱼不专业户的手上的时候。它们的死无疑又是卖鱼者的新的商机，如此往复。因此，卖鱼的不想让鱼多活，不给它们喂食；养鱼的虽不想让他们速死，但它们倘若老是不死，新的视觉的刺激和快感也就无从谈起。人妖们甭管是“红”是黑，但只要是人妖，就早生早死，就昙花般一现。他们出场时和每个观众握手，我发现那人妖的手劲是那么的大，远大过一般的大老爷们。

在一个热带雨林森林公园里，我用鱼食喂桥下嗷嗷待哺的海南的淡水鱼。好家伙，鱼食一撒下去，那些鱼就毫无廉耻地大吃起来。原本静态的那些家伙的吃相，绝对是厚颜无耻。我发现热带淡水鱼和内陆淡水鱼的长相有很大的区别，前者面目无比的狰狞，而且身材十分肥大——都横着长的，很像是正被追捕中的贪官。

从海南归后再看、再喂我家里的那三盆和热带鱼相比丑陋了不少的小鱼的时候，与鱼共舞时刻的感觉，马上就被再一次地唤回了。

（2015 年 2 月 13 日）

十一

我们是在昨天——大年三十的中午在“京味斋”吃“年夜饭”的。哄闹的氛围中，“京味斋”里有一大缸翻着肚子苟延残喘的等待着被人点被人吃掉的草鱼，它们在水缸中横着密集地挤着，那种惨状颇难目睹，由此我将身子背对着那些活着却像是罐头里死着的鱼。这提醒我，其实人类养鱼是一种伪善的行为，鱼从一开始就不是人类的平等的朋友，鱼的本质是用来供人食用的；也正是带着这种思考回到了那个已经两天没去的紫竹院的家后，我因此，对目睹到一条我从来就不认为它会死的、已经在我家的缸里被我伺候了几个月的、白红色相间锦鲤的死，就没感到什么恐惧和惊奇了。它死得很干净，没留下什么水污染，它不像那些金鱼，死时故意把水搞得臭臭的，然后让那团恶臭将同缸的鱼给腐蚀死，给它陪葬。

这条锦鲤我原本打算一开春、等园中水塘子上面的冰一化冻就放生来着，但它却睡觉般地横躺在水里了。缸中其他两条红色锦鲤还活得好好的，对它们的伙伴的死无动于衷。

这三条锦鲤，我从前说过，就是特别贪吃的那种，每次喂食都“要呀、要呀”地将躯体竖立着，张大嘴等食物，看去“笑得合不拢嘴”似的，但春天好容易来了，它们也快“回归”到湖里了，其中的这一条却没能见到湖，见到的，只是被我从空中抛到楼下的漫长的一段蓝天的颜色——今年大年三十的天还是蓝的呢。

昨天，在紫竹院“荷花渡”的那两个我原本想在春天放生锦鲤的水塘子边缘行走时，我意外地发现半扇湖里面的水竟被人放空了，残水只剩了脚脖子那么浅的一滩，那里的鱼呢？那里有多少鱼呀？而且大部分是锦鲤般色彩缤纷的鱼，它们的踪影每年开春就开始显现，比“京味斋”里的鱼可大得多呢。一大条一大条慢悠悠地在春湖水面下彩扩似的出现，但是难道今年由于公园放水了，那些彩色的锦鲤就都会死光吗？尸体呢？而且,那其中也包括我去年放生的几条锦鲤哩。我不得而知，我等待着解释和答案。

大湖——那个水比“荷花渡”浑的、只能见到草鱼的湖里的水没有被放走，整个湖还是半个被薄冰覆盖着，从我家窗中下看，这个湖一半是水汪汪——朝阳的那半个，一半是灰蒙蒙的——冰盖着的这半个。一阴一阳，好似韩国的国旗。我放生剩下的那两条“永不死”的红色的锦鲤，权且把它们放到这个大湖里去吧，虽然里面没有它们的彩色同伙，里面都是难看的草鱼，但好歹，在大湖里它们还有活路。

我发现今年公园里最先开的花，叫做“腊梅”，她有暗中浸鼻的香气，是半红半黄的，点缀于立春后尚是灰色的树丛，那种颜色，恰似我要放生的那几条锦鲤。

（2015 年 2 月 19 日，大年初一）

十二

推门一屋子的恶臭，昭示着鱼的死亡。这次死的是那条湖里捞来的“小白条”和另外两条小金鱼。不知道它们是哪条先死的，然后搞浑了水，然后就传染了腐臭。

按说一条小河鱼的死是不足惜的，蛮大的一个湖，里面全是“小白条”，有千万条吧。都初春了，都已经能在不再有冰的湖面上看到它们的黑色脊背了，它们已经一条接连一条地开始现形了。但我家的这条手指头长的“白条儿”，却死得令俺难受：忘了去年年末是哪一天，我将它从湖中网回，它起初并不起眼，但当其他的那些鱼呀、虾呀的都一条条“归西”之后，仅剩下唯一的“它”便起眼了。它瘦长的一小条，跟在三条比它胖大一圈儿的锦鲤后面，“打酱油”似的在我家的缸里整整活了一个冬季，大的要食它也要食，而且它抢食物时的速度极其灵敏，如风驰电掣。但是就在前天，在我为了“迎春”、为了给它们洗刷鱼缸上的青苔、为了让它们活得敞敞亮亮的时候，它从那个临时“周转”的盆子中跳到地板上了，我连忙把好像已经停止呼吸了的它放进洗净的玻璃鱼缸里。只见它先是肚皮朝上一动不动，然后开始慢慢地大口呼吸，一口一口地吸大烟似地倒气，三五分钟后，它已经又“正”着身子在缸里闪电似的游动啦！

不怕小湖鱼翻肚皮，我是有经验的，每次刚从湖中将它们“请”到那个橘红色塑料储鱼箱里时，都有一两条小鱼的白肚皮是翻着的——那是由于它们掉到地上后缺氧了，但只要一进入水中，它们就如同梦醒似的——过一会儿就能恢复知觉。这正像歌中唱的“鱼儿离不开水”，一旦重回到水的怀中，它们就又活了。

这条已经在我家的缸子里生活了一整个冬天、马上就要被我放生的小白条的死，对我的打击，是要比那两条刚刚买回不久的小金鱼的死，要大得多的。我都有些痴呆了。那两条小金鱼的死是由于我让它们和锦鲤们实验性地生活了一下，看鲤鱼和金鱼能否同缸同梦。因为锦鲤皮实，金鱼娇贵，但假若娇贵者之中并不算太上等的它们能和皮实的相对下贱的鲤鱼同缸生活的话，也算是富人和穷人、领导和群众能打成一片吧——我的本愿是好的，但太理想化了，于是搭上了它们的小命。结论是鲤鱼和金鱼不能同缸里养活。

整湖的鱼，千条万条的，它们和我家的这条不知为啥都已经“复活”却还是死了的小白条虽然相貌完全一样，都是背上一条褐色的脊梁，但我的这条小鱼毕竟是在我家过过冬的——从马年的“马尾”到羊年的“羊头”，它本来马上就要再次回湖中的老家去畅游。计划赶不上变化，它因为心太急，跳出了盆子，由于大脑暂时缺氧而休克脑损伤了，于是，尽管它又“回光返照”了片刻，还是趁着我不在家的光景灵魂出窍而“挂了”而与世长辞了。惋惜呀，惋惜！

（2015 年 2 月 21 日）

十三

在“武媚娘”——紫色花皮的大泡眼来我家一个多月还安然无恙之后，我就对养这种鱼有了信心，就又弄来了一条，比它还要肥大，因此命名为“大武媚娘”。但是，三天不见，“大武”也还是没活成，早就和一盆脏水腐臭到了一起。对之，我其实是有心理准备的，因为三天前的它就不吃东西了。那么肥胖的身子，甩哒甩哒的，要消耗多大的能量呀，但头上的那一粒鱼食，它对之就是没什么感觉；鱼一旦对食物没什么感觉，凭我的经验，它也就死定了——甭管它此时此刻有多么的活分。我猜想卖鱼的人就是这么让鱼儿们一拨拨地、肚子空空地游到买主的手中的。他们原本就是有预谋的：他们为了省钱，从来就不喂那些盆里待沽的鱼，而鱼和人一样，是有吃东西才能延寿的，于是，就搞成了一个我认为大结局注定是“九死一生”的悖论——回家后你不喂鱼，它们就会饿死；但你喂了，它们就可能撑死，因为它们早就失去吃食的技能和消化食物的机能了。由此，养鱼者是拿自己的耐心、技巧以及鱼的承受能力在和鱼的性命进行着一种“赌博”——

你喂它们，它们只要能吃，就还有继续活下去的可能；倘若不吃的话，那么鱼的大结局就是一死。养鱼的人哩，就落得个把鱼拎回家害死的恶名、以及每次见到鱼死亡时的恶心和内疚。

大年初七是羊年春节后第一个上班日。上午，我沿着玉渊潭西湖的堤岸走着，这是一个还有少许浮冰的、比紫竹院的那个要宽敞纯净得多的“海子”。我发现，竟然湖中也漂浮着多个鲤鱼草鱼的浮尸，它们比春节餐桌上及餐馆鱼缸中的那些鱼的个头还要大，而它们又是怎样死的呢？这明明是它们自个儿的家呀。这里水也清，也活，这里面还有连片的水草。湖中密集的鱼的浮尸改变了我固有的一种观念，就是鱼在自然中是永生不死的，鱼只有到了我这种为了养眼，将鱼囚禁于家里的“小牢房”中的人手里才会夭折。显然我错了，鱼在湖中海中也会死亡，而且是长得硕大了之后成群成伙地不知缘由地死，它们的尸首在水中仰着头颅翻着肚皮随波浪漂流。

这些鱼究竟是因何而死的？是病死的还是老死的？鱼类也和人类一样，它们也会老死吗？那么，鱼的寿数有多少？为什么我们从未见过鱼类水中的坟冢？鱼也有老龄化一说吗？鱼可能没有“孝道”一说吧？！谁，给要老死的鱼养老送终呢？

不，鱼是不会老死的！我们从未见到过老死的鱼，假如那样的话，所有的江河湖海中都将会有大面积老死鱼的浮尸，但我从没见过，从来没有！那么老死的鱼都到哪里去了呢？我家这两年死了那么多的鱼，我真希望它们之中也有哪怕只是那么一两条是老死的、是寿终正寝的，总之，是属于“正常死亡”的！

（2015年2月25日）

十四

七天后从上海和杭州回来，我是抱着“武媚娘”肯定会死的预感打开房门的，似乎闻到了鱼的尸体的臭气，但万幸，它没有死，它还好好的，红色的大锦鲤倒是死了一条——都变成一副模糊的骨头架子了，原来是另外一条锦鲤和一条浅蓝色的鱼把它给吃了——没人知道我远在沪杭的那七天中，没有人类只有鱼类的家中究竟发生了什么。兴许是红锦鲤先死，然后尸体被同类吃了，或者是它们先把它咬死，然后再吃掉。我刚进门的时候，眼见着另外那个鱼缸中两条黑色的小小鱼追着另外一条小红鱼，猛劲地要咬死它的情形，直到我连忙放了食物后才停止追杀，看来一周不喂食物，家中的鱼已经穷凶极恶得互相开吃了。

人类和鱼虾类相比最文明之处，在于不到万不得已的时候是不残食同类的，这一点，是我养鱼养虾一年之后最重要的心得之一。你经常见到大鱼和小鱼小虾的尸体，你正想鞭挞自己的疏忽而导致它们死亡的时候，发觉你错了，因为你不知道在“鱼龙混杂”、不同种类的大鱼小鱼、大虾小虾混居的时候，究竟哪种鱼能把另外一种鱼给吃掉。其实有时候大鱼的死，是被另外一种比它小得多的鱼给逼迫的。就比如今天我原本将一条比“小武媚娘”小得多的、公的大尾巴“孔雀”与它放在同一个缸里，目的是防止“武媚娘”独在一个大缸里“春宫寂寞”，让“公孔雀”给它解闷，叫“公孔雀”陪着它给它当“伴郎”，但当我不经意看到“孔雀”冷不丁地狠狠啃咬了一口“武媚娘”的身子的时候，我惊恐至极：那不是“性骚扰”，那是在“吃饭”！要是趁我不在家“孔雀”再使劲咬“武媚娘”几口的话，它还不被仅是它体积十分之一的小公鱼当成“生鱼片”吃光！我于是赶紧将“孔雀”捞回到原本属于它的那个“小小鱼”集中的鱼群之中。由此，“武媚娘”仅是惊悚而还没来得及淫荡的“半日春宵”就又恢复了苦闷和孤寂。“冷宫”里虽然寂寞，但是孤身一个却好歹能保条性命。

杭州算是本人的“第二故乡”——假若能将买过房子当成“故乡”的符号之一的话，即使本人早就把那个南山路上的“柳浪阁”给出卖了（详见《谁出卖的西湖》），光秃秃赤条条没什么着落，但好歹还住得起清波门老家房子对面酒店只是一抬眼看到早些从自家的阳台就能看到的城隍阁，还是不时有那种暗自“满眼泪汪汪”的感觉。

西湖的鱼，记忆中只能在餐桌上作为“醋鱼”和你面对面，但这次或许西湖的水变清了，我在湖中见到了一些活着的鱼。《活着》也是一部小说的名字，人活着不容易，鱼活着同样也不容易。西湖的鱼——当它们和“醋”还没产生什么关联的时候，那些小的青灰色的，比北京河鱼的身体要细、要长。西湖中也有一些和“楼外楼”的“西湖醋鱼”身体大小相差无几的大鱼，它们在距离我“老家”不远处雷峰塔下面的一个小水闸前，随着湖水的晃动一撮撮地来又一撮撮地走，显得非常得悠闲。当然，净寺前面“放生池”中的那些鱼也是悠闲的，那里面还有少许王八（甲鱼），正和鱼儿们“混浴”着。不知为什么同样一种生物，一会儿叫“王八”，一会儿又叫“甲鱼”，它们的蛋，也在“王八蛋”和“甲鱼蛋”两种称呼之间徘徊。我看来，甲鱼压根儿就和“鱼”没什么关联的，和“鳝鱼”“鳗鱼”——我在徐兄家附近“文一路”的菜场上见到的——一样，根本就是蛇类动物的变种，是和“鱼”绝不搭嘎的。

由于徐兄非要买下菜场中正在卖着的一条“野生黑鱼”庆祝我的到来，我左拦右拦也拦不住，那条黑鱼就被一个每天不知道要将多少条鱼的头像砍树似的狠命砍下的商妇、给当场三下五除二地做成“鱼片”了。自从自家也养鱼了之后，我不到万不得已是不吃活鱼的，但在徐兄那般热情之下也只能听之任之了，何况人类毕竟要为自身一些欲望而活着嘛。吃鱼的欲望当然就是其中的一种，而且还属于比较强烈的那类呢。

也就在那个菜市，几个商贩妇女居然跳起了“大妈舞”，她们前后左右都是鱼呀菜呀什么的，不知那些被“囚禁”着的待售的甲鱼黑鱼基围虾们是否也能像本人一样，对在菜摊的间隔处蛮好看地跳着喜洋洋乐哈哈的“广场舞”的“大妈”们，发出些心中的赞叹。

徐兄家客厅中有一个养着几条蛮大的红色热带鱼的缸，它令我想起了我家的鱼，尤其是那条可怜兮兮摇摇摆摆不时还有几分羞答答媚态的“武媚娘”，于是，我就有些想家了，自然这个“家”是北京的家。毕竟这次是一周没人照料，我惧怕回京后一推门看到“小武媚娘”像那条“大武媚娘”一样早已化成了一滩污水的惨相，因此在杭州的最后一日颇有些心神不定。回来后一看还好，这次消失的只是那条红锦鲤，而且是被它的同类给当食物吃光了。

这次从杭城带回了一幅徐兄用小楷撰写的《心经》，打算到紫竹院那个文房四宝摊上将其裱装。老徐说他近来常写《心经》也常送人。我劝他千万别随写随送，让他将写得最好的那些幅留给子子孙孙，同时印出个集子，把集子送给那些结交的商人们，这样，一旦自己的字变得价值连城，再让子孙们用爷爷手书《心经》的真迹来维持生计。写《心经》要有心计和“手技”，保留《心经》也是同样的，不仅要有心计，手段也是不可缺少的。

（2015年3月5日）

十五

由于昨天《北京晚报》“墨缘”栏目中一篇文章的标题是《武媚娘翰墨了得》，而且，还有一篇武则天写的《升仙太子碑》，因此，今天我临摹的帖子，就是武媚娘的那篇字迹。

小“媚娘”的字果然是“不得了”的，我一边临写那个一千多年前的“老女人”写的帖子，一边抽空瞅瞅鱼缸里那条甩哒着又长大了一小圈半透明眼泡的虎皮彩色鱼。

我前日在那个已经被“武媚娘”守了两个来月的“空房”中，放了一条一根针那么长的“孔雀”——花色尾巴的那种。养过鱼的人懂得，“孔雀”这类小鱼有美丽大尾巴的——和真正的孔雀一样——就是雄性的。因此，你看鱼缸中肥硕的“武媚娘”和身材只有它约四分之一的“公孔雀”游着，仿佛是一个是皇妃、女皇，另一个是身材不成比例但也能和它争奇斗艳的“男宠”，或是“小伴郎”。

我之所以想了许久之后，决定在“武则天”的空巢里放进另外一条也能游动的鲜活小生命，是担心它自己呆得太久了，会失去对自己“身份”的认知，那好比将一个犯人独自漫长囚禁就是对他（她）最严酷的惩罚一样。谁知道整日独处的“武媚娘”会不会像流亡诗人北岛那样也哪天对着空镜子、自己和自己念叨怕被遗忘的中文？

我正在读着他写的《时间的玫瑰》。

我在新近购进的另一条大眼泡、黑脊背、黄肚皮、身材修长、好像一只带着墨镜的企鹅的金鱼的“囚室”中，也同样放进了一条小“公孔雀”，也作为它的“伴郎”。果然效果也不错，第二天两条鱼还都活着。这样，我家的一个圆瓷缸和一个长玻璃缸里就分别形成了两个十分对等的“阵容”：都是一条鱼身材大象般硕大,边上尾随着一个纤细身材的“侍者”。有时“侍者”在抢食的时候比“大象”还要熟练，因为这两条“孔雀”都是长达几个月的“老居民”。那条“黄肚皮墨镜企鹅”都来三天了，还是不会吃食，难道它的吃饭功能被抠门的从不给它喂食的卖鱼人给“删除”了？只见它一次次地将嘴对准浮飘在脑门前的那颗球状的鱼食，一次次地把嘴朝那个小黑颗粒拱，但就是吃不着，还时不时被一旁的“孔雀”风驰电掣地抢夺干扰，终于有一次，它吃着那个食物了，这时我的心才放下：鱼腹中有东西，是它能在我家安居的好兆头。

本周二第一次头顶白玉兰树的花瓣——春天终于到了，我手拎着加固了一下的“地笼”去楼下的鱼塘“打鱼”。围绕紫竹院转弯一圈儿后我回到鱼塘把“地笼”取出时，发现仅有米粒般大小的一只小虾米，太小，就将其放回了鱼塘。同楼的一位老兄说：“现在还早点，鱼和虾都不大。”“为什么？”“因为现在天还有点儿冷呀。气温高了之后鱼和虾才长得快。”难怪，我冬天几次来捞鱼都是一网不捞鱼、二网不捞鱼，三网呢——还是没鱼。原来是鱼虾天热比天凉要长得快。这和人类不同。我又学习了。

（2015 年 3 月 28 日）

十六

昨天不知是否因为是“愚人节”，手就特别的迟钝和不按常理办事——我是指一不小心，将“武媚娘”的胸部用捞鱼的小渔网戳了一下。非常心疼，赶紧看“武媚娘”的胸前是否受伤，可能受了，也可能没受，因为它胸部有一片鳞闪着亮光，那是我刚才碰的吗？好像是，也好像不是。真怕它因为这块伤，也突然死了。

昨天“地笼”里我放了“骨汤方便面”中的调料和三片猪肉干，然后再放到楼下的鱼塘。有经验的人常告诫我说那种只在“地笼”里放“素食”的法子不行，要想让更多的鱼虾钻进去，必须用羊骨头类特别腥味的东西“勾引”它们。我一直没那么做，我不想让我的“地笼”一下子进去太多的小鱼虾，那不就成了一种“营生”了吗？但这种用方便面调料和干肉片的法子挺好，因为固体的“骨汤”还保留在塑料袋里，只是让诱人（鱼）的气味透出。这么做，既让鱼闻到了腥气，却不让腥味的源头丢失，是个“可持续”的方案。果然，没一会，“地笼”里就钻进了一条巴掌大的鳞片子。

又下了一网，没来新的"客人"，就把今年我家的这第一个"湖中来客"拎回了家。

起先，在一团乱七八糟的小鱼包围中，这条和它们的身材相比非常"巨无霸"的野河（湖）鱼在我家玻璃缸里非常的"低调"，它一动不动，好像在反思反省着："我咋到这儿来了？"它一定在想念着一个钟头前还在其中野游的那个无边无际的水塘的家。俯瞰着这条一动不动的"小俘虏"，我也寻思着这家伙咋这么快就被驯服了，野性就没了，就适应"弹丸之地"和"鸽子窝"里的生活了？它的本性其实没改，当我故意碰了一下鱼缸的时候，只见它突然从保持了一个时辰的静态中猛醒，风驰电掣般地在半米长的缸子里来回游窜，好像战斗机"歼 10"那般的神速，这才是一条真正的河鱼的速度！但不幸的是，无论你怎样的不爽，从今以后这两尺玻璃鱼缸就是你的"新天地"了，除非你一两个月后还健健康康地活着，我会像去年那样把你送回湖里。既来之，则安之，如何？

昨日玉渊潭的樱花虽然在一场雨后有少许的败落，总体上如大雪一般的白，这对于整个冬天都未见豪雪的京城，好比是水制雪迟来的替代。我乘了一程摇船，从"西湖"的南岸来到北岸，在人群中草草看了几眼"雪景"后，就照常到岸边的"咖啡别墅"中看报。老板不在，和那位伙计大姐聊起鱼死亡的事。他们养的几条"老寿星鱼"也死了。我问她你相信鱼类会和人类或其他的动物一样，也有“寿数”，也有“老龄化问题”，也会到一定的时间后都老死吗？她想了想说，恐怕不会吧。我说我也是这么猜想的，因为那样，湖里河里就会有大片大片的“老死鱼”的浮尸。她说还真没见过那景象。那么鱼是咋死的呢？它们的尸体都被同类吃掉了？可能吧。正值清明，人死是个事，鱼死的问题除了我这样的闲人，还真没人操心。

（2015年4月2日）

十七

这次“武媚娘”真的死了。她（我还是第一次用这样的“人物代称”唤它）或许就是前天——清明节那天死的。我检查了所有和她的死因或许有关的环节：（1）水浑；（2）喂食太多；（3）被别的鱼咬的；（4）清明节哭老公哭得悲痛欲绝……以上所有的这些，似乎都没有问题，都不是她亡故的充分缘由。难道是老死的吗？或者是因为前天我和老伴将杭州徐兄那幅裱好的小楷《心经》给取回了家，将其放在“武媚娘寝宫”的边上，她读《心经》读得呕心沥血？还有，是不是那天老伴说她的（鱼的）眼泡一大一小把她的自尊心给伤了？不会是伴郎“孔雀”和她在清明节的那天发生血战或厮斗了吧？因为在“武媚娘”那仿佛玉渊潭樱花瓣雪白地漂浮在瓷缸臭水上的尸首旁，“孔雀”虽然还挣扎游动着，但它的尾巴却已变成了两瓣、变成剪刀模样了，那是不是在生死搏斗中被“武媚娘”给咬坏的？再有，她在我家住了一个季度之久也充分适应这里的一切了，却为什么在“清明节”这天突然没理由地“驾崩”？我，该为她立一块“无字碑”吗？

并没有太大哀伤的我，是用一个品质较好的塑胶袋——能够封口的那种，将“武媚娘”已变成一团雪球的遗体给包了裹了，没再搞“天葬”，我将之郑重地安放到楼道的垃圾桶里。哦，忘说了，她的那两个真的可能一个大一个小也可能是一个瞎了的（老伴说的）、已经在我眼前色腥腥地甩哒了整一个季度的水泡大眼睛，在泛发着尸臭的奶白色的水面上再次进入我的眼帘时，已经变成了两颗像是被福尔马林泡过的新疆奶葡萄。

（2015 年 4 月 7 日）

十八

为了填补“武媚娘”去世后的“空房”，我只有拎着“地笼”到鱼塘去了。过了“清明节”后，尽管正式的垂钓还没开始，却已经有人在鱼塘“非法”下杆子了。春天过半的鱼塘，在半雾霾半不雾霾的北京这种异常奇葩的日子，承载着许多鱼和虾希望在新的年份中使劲成长一回的梦，然后，它们再被哪个幸运的钓鱼者不幸地用非常不留情的钩子，给痛不欲生地拽出水面，再拎到有的遥远有的不算太遥远的各自的家——就比如俺的，当然，俺从不用金属器具，俺是用“地笼”诱捕那些贪食的鱼虾。

鱼虾真多，这正应了前两周碰到的那个邻居的话，他说天热了鱼就长得快。太阳挺大的，水特别的浑。我先选了一块不太肮脏的水面，把笼子下了。坐了半晌后，笼子中只进了一只黝黑的虾。这大大低于我本来的期待，因为“地笼”上面的水面，分明像小蘑菇云似的一团又一团再一团地泛着水圈来着，那是小鱼们在“地笼”周围先迅速地传播“这儿有食吃”“呀，还有两片方便面里的肉”——这样的喜讯，然后一条条、一群群迅速地朝这边游来。有的只是想探个究竟，有的迫不及待或者糊里糊涂地钻进了只能进不能出的塑料线编织的“地笼”——这是我在岸上坐着时候的想象，但结果是，我坐等了半天，却只网罗了一只黝黑的虾米。

桥下那片水面上小鱼多得像是在示威，它们一个圆圈接着一个圆圈地留游弋的水痕，有的索性就紧贴在水面游玩，连尾巴和身段都看得清清楚楚，我于是转战到了这片水域。把“地笼”放下之后，我十分肯定地等待着收获。我幻想着这回进笼子的绝不仅仅是一只小虾米了，我甚至疑虑原先囚禁“武媚娘”的那个外面被人用绛红色的水彩里了歪斜地涂上了“国色天香”四个字的那间陶瓷缸“空房”——能否容得下这次“地笼”里面钻进去就再甭想逃出来的那么多条小鱼小虾，会有半斤吗？那可咋整呢？多出来的小鱼要不要做一顿鱼贴面饼子或者是一盘“爆炒湖虾”？去年就有那么干的一位仁兄！他一网网地用一种专门捞虾的平底网捕捞，然后回家后一顿顿地就着小酒改善伙食——自然，“喝小酒”的情景也是我用想象追加上去的。

第二“笼”的战绩不知因何，竟然将我满笼子里面都是鱼虾的预期完全破坏了，还是空空如原初。甭管笼子上面的鱼群多么得多，都摇头摆尾地一趟趟从我设的“局”上经过，只可惜，我的“地笼”于它们并没生成任何的诱惑。见日头偏西了，见雾霾又加重了，我只能悻悻收兵。我将唯一的“战果”——那只黑肚皮的虾放进了上次放“白条”小鱼的缸。那只“白条”还是像上周刚被俘获时那么的心情平静，它通常在缸里一动不动，有心思样的，只是你故意敲缸时，它一激灵，闪电般地在缸中流窜，才暴露出它“老子是从江湖来的”的野性。今天这只来自同一潭水的一寸多长的野虾，我发现，在它被丢进这个四周有着和湖里相仿的青苔的缸里的时候，别的“官园”买回的鱼它都不理，只是扑通蹦到“白条”的眼前，用龙虾钳子似的小手在“白条”脑门子那儿小心扒拉了一下，像是说：“老书记，原来你被关在这儿呀！”

但至此，“武媚娘”的那个“国色天香”的缸，里面还只有空荡的清水。

（2015 年 4 月 11 日）

十九

原来我的那个四面都是青苔、你只能从上面向下看鱼的鱼缸，是比较丑陋的，但我在回应那些包括老伴在内的认为那里的鱼没有“观赏性”的人们的批评时——我其实从没口头反驳过他们什么，我只是笑。其实嘛，自己的鱼什么样子自己在心里是知道的，它们都“活在我的心中”，因此，我看它们时没必要非得透过透明的缸。但昨天我心生一计，我将鱼缸的两个“朝面”——我能看到的一个正面和一个侧面上的青苔给刷干净了，让它们变透明了，由此，我家这个鱼缸的四块玻璃，就变成两面是白的、另两面是墨绿的，因此：我终于从鱼缸的旁边而不是由脑瓜顶、我坐着而不是站着，也能看到鱼儿们的游戏了；在它们的背面，剩余的那两块还是青苔密布的玻璃就成了游弋着的鱼儿们身后的两块“布景墙”，将它们的游姿绿色水彩布样的反衬出来了，从而，俺的这个长方形的“半绿色半清明”的鱼缸，就俨然成了世界上的“独一无二”，它承载着在“风景墙”前玩耍的鱼和它们主人的共同情趣。

那条从湖中“请”来的有一只大巴掌长的“白条书记”已经从懵懵懂懂和一动不动的“深沉”中缓解过来，看来它经过左思右想之后已经认识到反抗和回到湖中去在短时间内都不太可能，它已经认清了形势，它眼下唯一能做的就是在缸里好好表现，争取提前释放；它当下重要的是适应新的“囚禁环境”，因为生命好歹还是要继续下去的。因此我发现，它已经在鱼缸中短距离（对它来说）游动起来了，吃食也非常积极；由于缸玻璃现在变清明了，这条湖鱼的白粼粼的肚皮也在我眼前表现出它的光彩了。这个“新物种”的引进，多少冲抵了我对“武媚娘”的想念。

因为发誓要用一批湖鱼——用它们若干条“狂欢”的喜庆顶替“武媚娘”那个缸的至今仍未改变的“空巢状况”，昨天，我在“地笼”诱饵的搭配上又下了一番新功夫：我从楼下的小便利店里买来了一包小虾米皮和一袋“法式早餐面包”，我将若干小虾米们的“残骸”和一个完整的“法式早餐面包”使劲“塞”进“地笼入口”，然后我就又一次“上路了”。昨天风和日丽的，太阳也“春分”了，户外已有了比较明显的暖意。肯定塘中的鱼也想晒晒太阳，游行示威似的在水面上“爬”着。我手中还多了一个能“扣”鱼的大网。我一面等它们钻进我的“水下机关”，一面索性用盆口大的渔网朝它们的脑门子处扣去。这样折腾了一个时辰，除了扣着了两只半公分大小的“小虾娃娃”之外，网中还是空空，即便我中途还把那拳头大的“法式早餐面包”给捏碎了，让它的“扬尘”在“地笼”周边的水面上漂浮，鱼是来了——一拨拨地来了，食好像也吃了，就是不往下扎脑袋、扎到我为它们在一米深水下预备的那个有着四个进口但一进去就再也找不到出口的“天罗地笼”里来。

（2015 年 4 月 15 日）

二十

我的“地笼”——在我昨天再把它拎到池塘的时候，里面的食物就已经能够和“金钱豹”自助餐的种类相互媲美了，其中包括干虾皮、野葡萄干饼干、法式早餐面包、方便面里的两片肉干，等等，还有上个“鱼季”遗留下来的一些食物。我尽量做到的是“荤素搭配”，叫鱼对我这个有四个孔的“怪状渔网”——由于“地笼”里负责支撑整体结构的那根铁丝已经非常扭曲了——从它一被下到水中的那一刻开始，就有一种想流哈喇子的冲动。

非常的不顺利，直到我把上午十一点钟的太阳等到下午两点钟，而且我还等来了若干的北京春分季节的沙尘，我苦心经营的“地笼”里还是没有一个访问者。鱼儿们就在它的上下左右吐着气泡，让你觉得那里面肯定有一大群的鱼在“牢笼”中竞相地寻觅着“怎样才能出去”的路，但当你怀抱着二十万分的期待真的将笼子拽起来后，才发现你的想象——刚才的——本来就是一个一厢情愿。

在那将近三个小时的时间里，我就“安坐”在池塘的石凳上，我安分地守候着，我似乎是一个垂钓者，但我用的不是钩子。我这种法子是名副其实的“请君入瓮”，在春天的花儿已经半开半落、湖边的柳叶都已经半睡半醒半兴奋半不兴奋的——都是给春天闹的——让人想昏昏睡去的池塘边，我身子保持不动的姿势，脑子里却绞尽脑汁琢磨着——究竟我的“地笼”出现了啥子问题，为何我几天下来一网不捞鱼、二网捞不着鱼、三网只捞了只小破虾米？

当晌午的太阳已经因雾霾显得非常的“近黄昏”的时候，我决定不再“守笼待鱼”了，我要以逸待劳，我顶着已经掀起的据说马上要达到七级以上的湖边的狂风往回走，我不管“地笼”了，我先回家就着收音机97.4频道下午2时左右的“古典也流行”节目里“巴洛克”音乐的响动，小睡了一阵子。然后，又观观楼下湖面的“风之舞”——那撩拨春心的波浪蠢蠢欲动的湖面，接着——在估摸着两个钟头后该有一两条小鱼入网了的时辰，我又下了楼，而且那时，我已经做好了笼里再没有鱼虾的“紧急预案”——我手里已经有了半扇小拳头大的干方便面——那是我中午特意从自己的餐碗中预留的。我想万一再没鱼，肯定就是“地笼”的“饮食结构”还没最终合理，而我楼上最最最——后的一种“高级食品”就剩干燥的方便面了。这表明，我已然有了“做最后一锤子买卖”的充分觉悟。

果然两个钟头都过了，笼里还是空的。我于是将方便面捏碎塞进笼子。只见方便面的片段像一根根乳白色长气球一样——哗地一下在笼子飘起，又放花似的在黢黑的地笼中掀起一道浅色的“烟雾”，瞬时间白花花的方便面碎渣都浮动在笼子里面，我将之放下水时，周边的鱼仿佛都被晃得鱼眼昏花，顿感视觉盛宴和饕餮大餐来啦。这正是我料到的！片刻间只见“地笼”的“上空”鱼群赶集似的纷纷游到，水下水上鱼影绰绰。忽然又起风了，我匆忙将笼子拎出水面，只见一道白色的光闪耀着，那正是一条久违了的“大白条儿”！我将其倒出笼子，趁风还没把大树吹倒急步赶回楼上。

当缸中的头一只“白条”——我两周前请回家的，见到水里新来的“同胞”时，它的第一个举动，就是追着“同胞”的尾巴死命地奔跑，它仿佛是边咬自己同类的尾巴边心急火燎地问：“快说，外面的风声如何，你快对老子说啊！！！”

（2015 年 4 月 22 日）

二十一

上次池塘边捕鱼已经是两天前的事了。其实，我这种方式不能叫做“捕”，也不完全是“请”，而有些像是“骗”，或者说是“诓”——我用的是自助餐般丰富的“地笼”中的那些食物，我勾引的是那些小家伙们的想吃好吃饱的馋欲。

这次，方便面显然已经不够吸引它们了，碰巧在池塘的石缝中看到了不知是哪个游人丢下的一袋子雪白色的小肉包子，而且还冒着热乎气，我于是就把包子当作了当日的鱼饵，油腻腻地捏碎了放进“地笼”里面。我想知道鱼儿们是否也喜欢眼下人类特别喜欢的这种“重口味”。

望着我顺手丢到鱼塘里的另外三个雪白色包子——我一定要物尽其用，就把剩余的发给池塘的大鱼小鱼们共享——我思忖着不知道这满池子的鱼中，有或是没有一些雌性鱼也非常钟爱“小鲜肉”——我笼里的三个包子可都是肉做的呀。“女贪鱼”假如能用鲜肉勾引的话，那样就神奇了：你看，她们只要一闻到“地笼”周边的肉香味，就会忘情地、迫不及待地往网里钻，进去了就再也找不到能出笼的网眼。尽管出来和进去是同一个洞洞，但和人类一样，只要你一进到那种奇形怪状的网中，你就犯晕犯迷糊了，你就没有理性理智了，你就再也找不着“北”——出口了……

在非常寂寞地等待雌鱼入网的那两袋烟的功夫里，看着地笼周边一个接着一个有的大有的小有的是圆的但就是没有“方”的的——鱼儿们“整”出来的湖水的斑痕，我在视觉中勾勒着一幅天上太阳高高热辣辣的，而水面上的“雨点”却噼啪噼啪落个不停的幻像，因为鱼儿们在水面上留下的一个接一个、陆陆续续不停的水圈儿，真的太像落雨时的圆圈圈了。这真是没雨却又雨点斑斑的稀奇景象。

（2015 年 4 月 26 日）

二十二

当河里来的鱼和“官园”来的鱼“各得其所”之后，我将裱好的徐兄蝇头小楷《心经》镜框边上多余的装饰物仔细拆除，然后将之安放在黑色的电视下面，这样，我就可以抬头看电视低头看《心经》，这两样都看腻了之后再返过头来看缸中戏耍的鱼了。

原先也想仿照徐兄的样子练一手拿得出手的《心经》来着，可是最近的心境非常不适合写《心经》，尤其是写一定要万分专注的小楷，因为这些天我常写“大字报”：我的两户邻居在装修之后将垃圾全堆放在楼下，死活就是不运；半年里楼中的人们进门看垃圾，出门还是看垃圾。物业不管，看门的也不管，于是，我就重操旧业，将小时候写大字报的本领使出，用已经非常“发酵”了的旧墨汁和一杆比缸里患病的小金鱼尾巴还秃的毛笔，用先文明后不文明的语言——攻击十二层楼上的那两户“垃圾居民”。我将三四种字体轮流更换的“大字报”贴到那十几平方米的垃圾上头的墙上，比如，昨天写的那幅（用的是隶书）是这样的：“十二层两户不道德人家丢不起垃圾却丢的起人！！！”之前的一幅是："如此乱丢垃圾的人家比垃圾还更垃圾！！！——全楼民意”最早的那幅被“被骂的人”揭走了的（行楷的，他们拿回家后会将之裱糊收藏吗？），说："12××、12××两户人家，请马上把你家垃圾清走，还本楼一个干净！！！”

从会枯的海回到缸中的鱼。由于在《我与母老虎的对话》一书中曾将鱼类“选做”继承恐龙、老虎、人类地球王位的物种——在海平面上升到将地球的陆地彻底覆盖之后，一年来我对鱼的习性进行了非常仔细的观察。我的发现很多，很难将之一一系统逻辑地分类。比如我发现鱼也是非常讲究“门派”的，从湖中捞回的鱼基本上是不和其他的鱼类戏耍的；锦鲤也算是“鲤鱼”中的一种，但草鲤鱼和锦鲤鱼即便同处一缸也老死不相往来。再比如金鱼中的一种是纯黑色的，但即便是炭黑色，我们还认为它是“金鱼”的一种、是比草鱼金贵的鱼种，这似乎和人类判断肤色和种族关联的通识（即便那种通识有时候就是偏见）不太一样。为何？还有，同样叫“鱼”的，有鲸鱼那么大的，也有指甲盖那么小的，在它们的眼中，巨大的它们和渺小的它们是一个物种吗？即便是，为什么身材有时会相差百倍千倍之多呢？再回头看人类的身材：人和人个头的区别再大，也不过是姚明和潘长江之间那种，最多只是多一倍而已；而由于相差不算太多，“人吃人”和“鱼吃鱼”是意思不同的。我想说的，是人类通常是不吃同类的——除非是遇到人群中的野兽，但鱼吃鱼、鱼吃虾，在我的三个鱼缸中是时常发生的“悲剧”，当然，这于我们来说是“悲剧”，于它们来说或许是天性使然。

（2015年4月29日）

二十三

昨天在读那本销路仅次于《圣经》，被译成汉语、法语、英语三种语言的《小王子》。的确是本好书，咳，俺这部“养鱼心经录”的销路能超过《小王子》就好了。鱼和“小王子”，都是从外星来的嘛——我是说对于人类来说。鱼，这个星球未来的“继承者”（我掐算的），于我们，应该永远是个谜，因为鱼有众多你我做梦都想不出来的“特技”——昨天回到“阔别三天”的这个湖畔的家时，我惊呆了，那个“草鱼缸”里的最大的一条“白条儿”竟然已不在自己的缸中，而是在离它的“家”半米远、半米矮的另外一个小鱼缸中。也就是说，它自己给自己“搬迁”了，隔了半空、隔了半米、隔了十几层楼——从鱼的身材高矮来说，半米的距离，难道没有几十层楼高吗？你知道这意味着啥？假若不是三天中有人类撬门进屋把它从上面的缸捞到下面的缸里的话（这绝对不可能！否则我现在就没心思写这种句子了）。那么，它肯定是自己跳到下面的鱼缸里面去的。咋跳的？从前就有鱼跳缸、虾也跳缸，结果是鱼和虾的遗体都在地上变成鱼干虾皮了。

但这条鱼不同于以前的鱼，这条鱼——我更愿意承认它有特异功能和特殊的远大志向，它，是在某个“夜深鱼静”的时候，先咬了咬牙，再跺跺脚，然后一猛子腾空而起，像“Super-fish”（超鱼）那样将小身子连尾拔起，在空中先定睛看准了，然后在屋里飞翔了半米，再一个猛子扎进另一个它考察测量计算了许多天的——那下面的缸里的！

鱼和虾的超人之处——据我一年里隔着一块布满了青苔的玻璃的观察，在于能从水里跳出来时没有助跑，也没有起跑器，更没有目的（在大多数情形下），它们那渺小的身体（和俺这样的人类相比），竟然能从那么大压力的水中奋身而出，先跳出水面、跳到是它们身高不知多少倍的高空，然后，再自由落体地下落。这就好比让你我这样的人类想都不想纵身跳上上海浦东“明珠”塔的顶子上，在上面先站上一脚，然后再飞着下来——这只是那些普通鱼虾的跳跃。而昨天我家鱼缸中那只“大白条”的本事就更夸张了，那相当于从北京我家楼顶上瞄准好天津地区的渤海湾，然后有目的地一跃——“唰”——先飞过蓝天，然后，就到渤海湾里游泳去了。

为了改善我家鱼缸里的鱼都灰不溜秋老让我视觉疲劳的问题，我到了久违了的“官园”，果然，那里的鱼贩子还都是那么的热情。在一个水盆边，我先敲了敲盆，看鱼的反映如何，没反应的就是“傻鱼”，就不好活。当我拎着一条挺机灵的鱼回家观察它的时候，就发现它的“大问题”了——它竟然没有眼睛。鱼的眼睛再小，也应该有一个小黑点，两边各一个，但这条尾巴是金鱼、头部是锦鲤模样的鱼，只有脑门那里有一个黑点，那不可能是眼睛呀。我于是，望着它在缸里到处瞎找食物的样子，有些沮丧。没眼的鱼，就是鱼类中的视力障碍者，难道它也戴上个墨镜游泳吗？最新消息：北京的地铁从“五一”开始已经能让视力障碍者的导盲犬上去了，而且还引起了大群无视力障碍者的围观。

世界从不和平。我那幅用隶书写的讨伐十二层楼的“反垃圾”大字报被他们派人在半夜三更——也就是我家的鱼从大缸瞄准了往小缸里跳的同一时刻，给撕毁了，我于是只能在“五一”小长假加班、用有些魏碑味道的（其实都是臭的）字体再写一个，内容是“破坏环境者无耻！！！全楼居民”。我也趁着夜色，人不知鬼不觉地跳到那堆垃圾的上面——那样他们够不到，用一只仅用三次就快用光了的韩国进口的“棒棒胶”将大字报糊好。这次，由于我贴得贼高，那两户被骂的“恶邻”（这是日本政客曾用于说中国的恶语）一出门（俺保证），就能顶风（时下常用语，比如“顶风违纪吃喝”）看到黑漆漆的“可耻”二字，它们，就顶在他们进进出出的大脑门子上面。哈！正义万岁。

（2015年5月3日）

二十四

这部书之所以写着写着就写得“涩”了起来，主要的原因恐怕有这么几个：其一，是我原本想写的文章，篇幅像《庆祝无意义》那样，把字数控制在三万左右，而且，我想做成《心经》那样的一册小书，但写到上一个“段子”的时候字数就已经紧逼三万了，因此，速度就迅速放慢了下来；其二，我真的没什么想写了，因为我家十二层楼上的那个“顽固垃圾恶邻”——他已经服了，他已经给了“小姚”——本楼长年收废品的我那个河南籍兄弟500块钱，让小姚连夜派人把堵塞本楼门半年之久的那十多平方米的垃圾，给拉走了。本楼已然恢复了宁静。

小姚是在电话中——在两周前的那个风雨交加的夜晚，带着半哭半不哭的腔调，求老齐我立即停止一切“贴大字报活动”，因为那个邻居是在含混地骂了几句“哪个混蛋敢贴老子的大字报，你告我他是谁，我找他去！”——之后，让小姚用他强塞给的500元人民币把垃圾拉走的。他先问是不是小姚贴的大字报，小姚说我哪有写那种大字的水平呀（我用的都是繁体）。其实第一次的确是我先把大字报给小姚，叫小姚用胶布贴上的，那次我用的是章草字体。

我是采用一次点楼层的名、一次不点、再一次再点的交替轮换的法子叫那个“恶邻”一步步就范，让他先一次次变得疯狂，然后再乖乖“伏法”的。这个法子极为科学：第一次你点他家的房号，他当然急，然后就趁半夜撕了；第二次嘞，你不点，就说：“我亲爱的乱丢垃圾的邻居呀，与其半夜摸黑撕字帖，不如立马把垃圾拉走！”这张大字报（隶书的）由于没点楼层的名，因此在谁都会顶着脑袋进出的楼门口的高墙上逗留了数日，直到随风而走。然后呢，我再一次点楼层的名，并加大“骂人”的力度，比如嵌入“缺德、厚脸皮”之类的“硬字眼”，这张，当然刚一露头就被“垃圾邻居”摸黑撕走了，只剩下了能大致显露出我高水准书法的字头痕迹。然后，我就再来张不点名的，那，可就是最后的第五“张”了——就好比交响乐第四“章”之后又补充了一“章”似的。我用的是大楷，写的是有些像魏碑又有些像狂草胡乱类别的“齐体字”，我又加重了抨击的口气。我在措辞和下笔之前玩命运气，连我自己都被自己的那股子“充足的底气”给震慑住了。其实当时我自己都已经有些个接近崩溃的边缘，因为骂人虽然是个为民除害和维护人间正义的崇高行为，但当你太崇高和正义时，你也挺害怕挺心虚的，或许是你怕那个已经和你暗中博弈斗气了个把月之久的你可能在眼皮底下都能不期而遇的邻居真的就是个恶魔，是个外逃来京的刑事嫌疑犯或是个眼下中国政府用“红色通缉令”（“猎狐行动”）全球抓捕的贪污犯，那可咋办呀？再或者，他（她）是个患心脏病癫痫病的老爷子老太太？是个酒鬼？是个重量级拳击运动员？总之，你已经和她 / 他算是隔了个小姚结仇了。小姚知道他是谁，但不告诉你；他也知道小姚知道你是谁，但就是逼问不出来。好在，研着恶臭的黑墨汁（都已有死鱼味道了）时我思忖着，好在第一张大字报我是让小姚替我贴的，他也不能把我出卖。我第二次再让小姚贴字帖时曾许诺他 20 元钱的“正义费”，小姚婉拒了，但小姚第一次贴的是那张最犀利的大字报，那是小姚想躲躲不掉的事实。

“胜利”那夜，我下楼时都十点了，见黑暗中一个人在清理搬运着那十多平方的垃圾，我知道那是小姚雇来的。垃圾没了，后墙上的大字报连同租房的小广告都被撕掉了。我的第五张大字报是小姚收到那个假装敢上门找我其实就是装装样子（面子嘛！）的邻居的 500 元人民币后撕掉的，而那个撕掉在我的正义凛然外加一次比一次更见功力的“书法作品”旁边混进来的小广告的——正是本人。养鱼似的，我不想叫鱼虾混杂着，鱼就是鱼，虾嘛，有本事你自己开辟“宣传战场”去呀。

现在，我其实挺后悔也挺寂寞，就连我的手腕也如同钱锺书说过的“技痒”了：倘若我最后一次的措辞不那么“响当当”——我写的好像是“无耻”吧，这样，那堆垃圾现在还会在那里等候我新书法作品的来到；我最近新进了一批字样比较柔情的字帖，比如智勇和尚的《千字文》呀、文徵明的小楷《般若波罗蜜多心经》什么的，那么，我就可以一种字样一种字样地、比较温柔地把揭批十二层的大字报不断写下去。全楼的好邻居们呢，也会每天都在与一遍遍被刷新的文化字眼的磕碰和遭遇中，接受老齐我日日不休的“人文素质教育”，但那一切，随着邻居的精神崩溃和妥协，现在都变得无的放矢无从说起了。我，总不能在没有一丝垃圾的“新常态”下，无厘头地胡乱在楼口的正面墙上贴上一幅“万分感激十二层的自觉环保行为！”之类的漆黑的新标语吧。

我只好念叨下一条“新鳄鱼”（恶鱼）的到来。

（2015 年 5 月 13 日）